KB042693

NEW
LIFE

뉴 라이프 1

초판 1쇄 인쇄일 2014년 11월 26일 ㅣ **초판 1쇄 발행일** 2014년 11월 27일

지은이 김연우 ㅏ **펴낸이** 곽중열 ㅣ **담당편집 팀장** 이범수
편집부 신연제 이윤아 김호성 김은경

펴낸곳 (주)조은세상 ㅣ 출판등록 제2002-23호
주소 경기도 연천군 미산면 청정로 1355
TEL 편집부 02)587-2966 ㅣ FAX 02)587-2922
e-mail bukdu@comics21c.co.kr

ⓒ김연우 2014
ISBN 979-11-5512-830-5 ㅣ ISBN 979-11-5512-829-9(set) ㅣ 값 8,000원

김연우 현대판타지 장편소설

NEO FUSION FANTASY STORY

1

뉴 라이프
NEW
LIFE

북두
(주)좋은세상

CONTENTS

NEO MODERN FANTASY STORY

NEW
LIFE

NEO MODERN FANTASY STORY

뉴 라이프
NEW LIFE

프롤로그

프롤로그

중년 사내가 술잔을 기울인다.

그리고 반복적으로 휴대폰 액정을 확인한다. 이어지는 한숨. 그가 원하는 문자는 아직 도착하지 않았다.

그의 나이 45세.

문학박사.

KCI 등재지 논문 40여 편 게재.

그리고 시간강사 17년차라는 타이틀이 그가 가진 유일한 재산이었다.

사내는 담배를 꺼내 물고 불을 붙였다. 라이터를 눌러 보았지만 제대로 불이 붙지 않는다. 10여회를 넘게 탁탁거려야 겨우 불이 붙었다.

"후우…… 틀렸나?"

사내는 자조했다. 이번 지원은 정말 기대를 많이 했었다.

백은대학교 국어국문학과 전임교수 지원서를 넣고 1차 합격을 했다.

2차 시범강의, 학부장 앞에서 멋지게 강의를 펼쳤다.

3차 총장면접. 떨렸지만 학과장의 조언에 힘입어 할 수 있는 최선을 다했다.

오늘이 최종 통보일이었다.

그런데 밤 10시가 되도록 문자 한 통이 없다.

그는 알고 있었다. 직원들은 저녁에 모두 퇴근한다는 사실을 말이다. 아마 내일이 되어도 연락은 오지 않을 것이다.

"틀렸군."

피식, 웃음이 나왔다.

그는 소위 '자대생'이었다. 백은대학교 국어국문학과를 졸업했고, 동 대학원에서 박사학위를 받은 사람이었다.

누구보다도 유리하다고 생각했다. 국내 최고 명문인 한국대학교 국문과 출신들이 몇몇 최종 면접까지 올라오긴 했지만, 그간 공들였던 것들을 생각한다면 얼마든지 상대할 수 있는 자들이었다.

지도교수를 위해 대신 써준 논문만 10여 편, 학과장 눈치를 보느라 대필한 논문도 수편이나 된다. 학부생들의 취업률을 높이기 위해 교수 대신 발품을 판 적도 셀 수가 없다.

이 모든 것은 자신 때문이 아니었다. 수도 없이 많은 세월 동안 자신만을 믿고 기다려 준 아내와 두 아이들을 위해서였다.

언제까지 시간강사 생활을 할 수는 없었다. 아내는 10년 전에 샀던 옷을 아직까지 입고 있다. 아이들은 늘 무언가를 사달라고 조르지만, 장난감 한 번 제대로 사준 적이 없었다.

게다가 곧 바뀌게 될 강사법은 나이든 자신의 목을 더 옭아맬 수도 있었다.

선택의 여지는 없었다. 무엇이든 해야 했다. 지도교수가 요구하는 것을 모두 들어 주었고, 학과장은 물론 학부장, 대학원장까지 라인을 만들었다.

심지어는 관심도 없었던 교회까지 나갔다. 학교가 미션스쿨이고, 총장이 매주 대학 내에 있는 교회에 출석한다는 소리를 들었기 때문이다. 열심히 찬송가를 부르고 기도를 했다.

하지만 끝내 총장은 자신의 이름을 기억해 주지 못했다. 돈을 찔러줘야 기억할 거라는 주변의 조언은 듣지 않았다. 돈도 없었지만 썩기는 더욱 싫었기 때문이다.

"후우⋯⋯."

담배가 쓰다.

한숨을 내쉬며 연기를 뱉어낸 사내는 웃었다. 하지만 그
의 눈은 어느새 눈물을 머금고 촉촉해져 있다.

언제부터 잘못되었는지는 모르겠다. 사내, 김윤우는
곰곰이 생각에 잠겼다. 아마 10년여 전, 지도교수가 갑
작스레 한국대학교로 적을 옮기면서부터 틀어진 것 같
다.

지도교수 서광필은 학계에서 매우 영향력이 있는 사람
이었다. 2류 대학인 백은대학교에 어울리지 않는 사람. 그
는 모교인 한국대학교 국문과로 자리를 옮겼고, 백은대학
교에 있는 인연들을 깨끗이 청산했다.

대학원에서 그의 지도를 받던 모두가 충격에 빠졌다.

그건 지도교수만 믿고 대학원에 진학했던 윤우도 마찬
가지였다.

윤우는 야망이 큰 사람이었다. 학부 시절부터 학생회장
을 역임했고, 각 행사마다 교수들과 친하게 지내며 교수의
꿈을 키우던 사람이었다.

교수들도 윤우의 재능과 노력을 인정해 주었다. 학부 수
업 때는 우수한 리포트를 써와 대학원에 진학하지 않겠냐
는 제의도 받았다. 학생회장 시절 받은 칭찬은 셀 수도 없
을 정도다.

학부 시절부터 교수들의 주목을 받던 그는 한국대학교 대학원으로 진학해 보라는 권유도 받았었다. 하지만 오랜 고민 끝에 그는 자대로 진학하기로 결정했다.

타 학교 학생들을 배척하는 한국대학교에서 버틸 자신도 없었지만, 특히 모교가 자대생을 많이 채용한다는 사실에 주목했기 때문이다.

그런데 수 년 후, 믿었던 지도교수가 한국대학교로 떠나버렸다. 그 때는 세상이 무너지는 느낌이 무엇인지 확실히 알게 되었었다.

"내가 미친놈이었지. 그 새끼를 믿었던 내가 미친놈이었지."

윤우는 술잔을 가득 채워 한 번에 들이켰다. 벌써 빈 소주병이 네 개 째였다.

"미안해…… 내가 미안해……."

흐릿해진 시야 너머로 주름이 가득한 아내의 모습이 떠오른다. 그리고 이제 초등학교에 들어간 아이들의 얼굴도 떠오른다. 사랑스럽기만 하다. 하지만 죄책감이 들어 견딜 수가 없다.

가장이라는 무게감이 온몸을 짓눌렀다. 갚아야 하는 빚들이 기도를 막아 숨을 가쁘게 했다. 윤우는 다시금 소주를 들이켠다. 아무리 취하고 취해도 그 무게를 이겨낼 자신이 없다.

결국 윤우는 품에서 약병을 꺼내 들었다. 흰색 액체가 들어 있는 통이었다. 테트로도톡신tetrodotoxin. 연구원 친구에게 어렵게 구한 독약이었다.

뚜껑을 열면서도 윤우는 고민했다.

사실, 자살을 시도하는 건 이번만이 아니었다. 지금까지 수십, 아니 수백 개의 대학에 교수 채용 원서를 넣을 때마다 했던 짓이었다.

하지만 오늘만큼은 그 유혹과 충동을 이겨낼 자신이 없었다.

가족들에겐 미안했다.

그러나 미안했기에 멈출 수가 없는 것이다.

보다 좋은 옷을 입혀주는 것, 보다 좋은 음식을 먹게 하는 것. 그 어느 것도 해내지 못했다.

그 죄책감이 하나 둘 모여 윤우의 팔을 움직이게 했다.

그렇게 윤우는, 바들바들 떨리는 손을 움직여 병을 입에 대었다.

"잠깐."

깜짝 놀란 윤우는 병을 떨어트리고야 말았다.

뒤쪽에서 누군가의 목소리가 들렸다. 나이가 꽤 들어 보이는 목소리였다. 윤우는 황급히 몸을 돌렸다.

검은 정장을 입은 중년 남자가 가련한 눈빛으로 이쪽을 내려다보고 있었다. 입술은 창백했고, 두 눈은 날카로웠다.

"누, 누구십니까."

"예상대로 쓸데없는 짓을 하는군."

가까이 다가온 사내는 바닥에 굴러다니는 병을 발로 힘차게 차버렸다. 그렇게 독병은 강물에 빠져 사라졌다.

"이 친구야. 인생은 길어. 그만큼 달콤 씁쓸하지. 왜 그리 쉽게 포기하려고 그러나?"

"참견하지 말고 갈 길 가시죠!"

뜻을 이루지 못한 윤우가 버럭 소리를 질렀다. 그러자 창백한 사내가 씨익 웃었다. 그 미소가 마치 악마 같았다.

"갈 길이라. 재미있군. 내가 갈 길은 이곳인데?"

"뭐라고요?"

"자네한테 볼 일이 있다 이 말이야."

윤우는 입을 다문 채 사내를 노려보았다. 그런데 왠지 오싹한 미소여서, 이내 고개를 돌리고야 만다.

"죽을 기운이 있으면 그 기운으로 열심히 살면 될 것을. 인간들이란 한심하군."

왠지 '인간들'이라는 단어가 이질적으로 들렸다. 마치 자신은 인간이 아닌 것처럼.

"그런 교과서적인 말씀은 그만 두시죠. 당신 같은 사람들은 모릅니다. 궁지의 몰린 자들의 비참한 인생을요."

"비참하긴? 네겐 아내도 있고 초등학교에 들어간 자식

들도 있을 텐데. 서울역에 굴러다니는 노숙자들 보단 나은 처지가 아닌가?"

"잠깐, 그걸 어떻게……?"

윤우의 눈이 커졌다. 처음 보는 사내가 자신의 가족 구성원을 모두 알고 있었기 때문이다.

사내는 신비로운 미소를 지어 보였다. 두 눈은 깊어 그 깊이를 짐작할 수가 없을 정도다.

윤우는 그 사내를 보면 볼수록 기묘한 기분에 사로잡혔다. 마치 수렁에 빠져들고 있는 것 같은 느낌.

"그러지 말고 기왕 죽을 거면 나랑 계약이나 하자고."

"계약?"

"그래, 계약. 아주 좋은 계약이지. 난 자네가 무엇을 원하는지 알고 있어. 그리고 그것을 실현시켜 줄 수 있는 힘이 있지."

사내는 소리 내어 웃었다. 악마의 웃음과 너무나도 흡사했다. 덕분에 윤우는 소름이 돋음을 느꼈다.

"제가 원하는 게 무엇인지 아신다고요? 헛소리는 그만 두시죠. 가족에 대한 얘기는 우연이라고 칩시다."

"교수. 자네가 원하는 건 교수직이지."

윤우는 뒤통수를 후려 맞는 느낌을 받았다.

"……어떻게 그걸?"

"자세한 건 묻지 마. 골치만 아플 테니까. 그래서 어떻게 할 거지? 나와 계약하면, 아주 달콤한 인생을 맛보게 해 주지."

홀린 것 같은 기분이 들었다. 사내의 말을 따라야 한다는 본능이 강하게 움직였다.

하지만 윤우의 지성은 그렇게 호락호락 넘어가지 않았다.

"계약이라면, 대가는 무엇입니까?"

"대단한 건 아냐."

"어느 대학인지는 모르지만 관계자인 모양이군요. 계약 조건이 명시되지 않은 계약은 성립이 안 되는 법입니다. 그런데도 말씀을 안 해주실 겁니까?"

사내는 박수를 쳤다. 그러며 고개를 끄덕였다.

"그래, 그래. 역시 박사는 다르군. 멋져. 예리해. 뭐, 난 네가 교수가 되도록 만들어 줄 생각이야. 그럼 넌 교수가 된 것에서 그치지 말고, 더 큰 일을 해 보도록 해."

"예를 들면?"

"넌 교수 사회를 어떻게 생각하지?"

"개 같은 동네죠."

"말이 험하군. 꿈을 못 이뤘다고 해서 그렇게 폄하하지는 말게. 아무튼, 자네가 교수가 되면 그 썩어 문드러진 사회를 바꿔보란 말이야. 아주 재미있는 방식으로."

"고작 그게 다입니까?"

"고작이라니? 그게 쉽지 않은 일인 건 자네가 더 잘 알 텐데?"

윤우는 한숨을 내쉬었다. 실없는 웃음이 나왔다. 윤우는 술기운에 이 미친 놀이를 끝까지 해보기로 했다.

"하겠습니다. 하지요! 계약서를 보여주시죠."

"그런 건 없어."

사내가 손을 뻗었다. 피처럼 시뻘건 빛이 손에서 뿜어져 나왔다. 사방으로 쏟아진 빛이 윤우의 몸을 휘감기 시작했다.

"으윽!"

신음을 흘린 윤우는 정신을 잃었다.

NEO MODERN FANTASY STORY

뉴 라이프

NEW LIFE

Scene #1 희귀

NEW LIFE

Scene #1 회귀

눈을 떴다.

천장이 시계방향으로 빙글 돌았다. 시야가 혼탁해 사물이 뚜렷이 보이지 않았다.

얼마나 마신 것일까.

윤우는 한숨을 내쉬며 몸을 일으켰다. 그러는 와중에도 다음 주까지 학회에 보내야 하는 논문 생각이 나니 피식 웃음이 흘러나온다.

몸을 일으키고 침대에 등을 기댄 채 멍하니 정면을 바라보던 윤우.

"어?"

그가 화들짝 놀랐다.

평소 보던 그런 익숙한 풍경이 아니었다. 분명 12평 반 지하 방이어야 하는데, 깨끗하고 넓은 방 안에 누워 있었다.

하지만 자세히 보니 낯선 공간이 아니었다. 익숙한 디자인의 책장엔 자신이 지금까지 읽었던 책들이 가지런히 꽂혀 있다. 벽에 걸린 게임 포스터도 그대로였다.

이곳은 분명 대학교 졸업 때까지 살았던 자신의 집이었다.

"이게 무슨……."

그뿐만이 아니었다. 이질적인 느낌에 윤우는 자신의 손바닥을 들여다보았다. 주름지고 굳은살이 박힌 중년의 손이 아니었다. 하얗고 작은 소년의 손이다.

"뭐지?"

소름이 돋았다. 윤우는 몸을 일으켜 보았다. 그리고 옆에 있던 거울에 서서 자신의 모습을 들여다본다.

"으아악!"

비명을 지를 수밖에 없었다. 거울에 비친 모습은 45세 시간강사 김윤우의 모습이 아니었다. 기억 속에 희미하게 남은 어린 시절의 자신의 모습이었다.

'꿈인가?'

윤우는 꿈일 거라고 생각했다. 어린 시절을 꿈꾸는 것은 흔한 일은 아니지만, 그래도 아예 불가능한 일은 아니었으니까.

하지만 이상한 점이 있었다. 꿈치고는 장면이 너무나도 선명했다. 현실이라고 믿어도 좋을 만큼 장면 장면이 선명하고 뚜렷했다.

윤우는 습관적으로 자신의 볼을 꼬집어보았다. 정신이 번쩍 들었지만 꿈에서 깨어나지 않았다. 아프다. 눈물이 찔끔 흘러나올 정도로.

"꿈이 아니잖아? 도대체 어떻게 된 일이지?"

그때 방문 밖에서 인기척이 들렸다.

"애, 윤우야. 대낮부터 왜 소리를 지르고 그러니?"

윤우는 화들짝 놀랐다.

평생 고생만 하시다 지금은 돌아가시고 안 계신 어머니의 목소리가 분명했다. 잠시 멍하니 서 있던 윤우는 엉겁결에 방문에 대고 크게 외쳤다.

"아, 아무것도 아니에요!"

"녀석도 참. 게임 적당히 하고 책 좀 읽어라. 엄마 일 나가니 이따 밥 챙겨먹는 거 잊지 말고. 알았지?"

얼마 만에 들어보는 어머니의 목소리인가.

윤우는 코끝이 찡해왔다.

그렇게 다시 침대에 앉았다. 그리고 지금 상황을 침착하게 정리해 보았다.

우선 어제 있었던 일부터 다시 생각해 보기로 했다.

어제 윤우는 한강 둔치에서 소주를 마시며 목숨을 끊으려고 했었다. 그런데 갑작스레 어떤 사내가 나타나 제안을 했다.

그는 분명 자신을 교수가 되게끔 도와준다고 했다. 계약을 하자고 했었다. 그런데 그는 계약서를 내미는 대신, 손을 뻗어 기이한 붉은 기운을 쏟아 내었다.

기억은 거기까지 남아 있었다. 윤우는 즉시 정신을 잃었으니까.

그때 날카로운 상념이 그의 뇌리를 스치고 지나갔다.

"잠깐, 설마?"

윤우는 액자 옆에 걸린 달력을 주목했다. 그리고 달력에 적힌 년도를 확인했다.

"2000년?"

달력은 분명 2000년을 가리키고 있었다. 확 실감이 나지 않아 윤우는 연도를 계산해 보았다.

잠시 후 결론이 나왔다. 계산은 간단했다. 2002년 한일 월드컵 때 자신이 고3이었으니, 2000년이라면 고등학교 1학년일 때 일 것이다.

그러다보니 윤우는 한 가지 가설에 도달할 수 있었다.

"시간회귀?"

아무리 생각해 봐도 어제 만났던 그 악마 같은 사내의 힘에 이끌려 과거로 돌아온 것이 분명했다.

하지만 윤우는 보다 객관적인 증거를 원했다. 근거가 없는 주장은 가설일 뿐. 그는 곧장 책상 옆에 놓인 컴퓨터의 전원을 올렸다.

어릴 적 사용했던 프로그램과 즐겼던 게임은 아직도 선명히 기억난다. 윤우는 시작 버튼을 눌러 설치되어 있는 프로그램을 쭉 확인했다. 기억이 나지 않는 것들도 많았지만, 대개 익숙한 것들이 눈에 보였다.

마지막으로 휴대폰을 찾았다. 분명 고등학교 1학년 때 쓰던 그 휴대폰이다. 액정은 흑백이다. 뚫어져라 쳐다보며 핸드폰을 조작하던 그는 전화번호부에서 익숙한 이름들을 발견해냈다.

"진짜야……."

혼란스러웠다.

문학을 연구하며 시간 여행이나 회귀와 같은 이야기를 접할 기회는 많았다. 하지만 그것이 실제로 일어날 거라는 생각을 한 적은 단 한 번도 없었다. 그저 소설 속 이야기에 불과하다고 생각했다.

그런데 그게 실제로 일어난 것이다.

"후우."

윤우는 길게 심호흡을 했다. 오랜 공부와 연구로 활성화된 그의 정신이 지금 상황을 빠르게 정리하기 시작했다.

결론부터 말하자면 윤우는 지금 이 상황을 그대로 받아들이기로 했다.

그 악마 같던 남자는 자신에게 교수의 꿈을 이루게 해준다고 했다. 고등학교 1학년 시절로 돌려보냈다는 것은, 그 약속을 지키기 위해서일 것이 분명했다.

윤우는 교수 임용 서류를 제출할 때마다 자신이 고등학생 때 공부를 열심히 하지 않은 것을 후회했었다. 교수 임용에서 학부가 어디 출신인지가 굉장히 중요했기 때문이다.

조금만 더 공부를 했다면 한국대학교는 아니라도 연수대학교나 고명대학교 정도는 들어갈 수 있었을 것이다. 그랬다면 자신의 인생은 많은 부분에서 변화를 겪었을 것이다.

물론 그랬다면, 백은대학교에서 만나 캠퍼스 커플로 발전하고, 나중엔 결혼까지 하게 된 아내를 만나지 못했겠지만.

물론 그것은 다른 차원의 문제다. 교수라는 직함만 놓고 봤을 때, 고등학교 1학년으로 돌아온 것은 절묘한 일이었다. 모든 것을 바꿀 수 있는 시기이기 때문이다.

"목이 마르네."

생각이 너무 많았던 탓이다. 의자에서 일어선 윤우는 조심스레 거실로 나갔다.

기억 속에 잠들어 있던 익숙한 풍경들이 눈앞에 펼쳐지

기 시작했다.

윤우는 먼 옛날 사용했던 냉장고의 문을 쥐었다. 그리고 물을 꺼내 컵에 따라 벌컥벌컥 마셨다. 그때 옆방 문이 열리더니 어떤 소녀가 모습을 드러냈다.

"아까 소리는 왜 질렀어?"

"어? 아니, 아무것도."

윤우는 가슴이 덜컥 내려앉는 기분이었다. 그 소녀는 자신의 여동생 예린이었기 때문이다.

"그래? 응, 나 물 좀 줘."

"자."

윤우는 새 컵을 집어 거기에 물을 따라 주었다.

"고마워 오빠."

참 착한 아이다. 심성이 바르고 고와 다른 집 여동생들과는 달리 오빠를 질투하거나 못살게 굴지도 않았다. 늘 양보할 줄 알았고, 오빠를 잘 따르는 그런 좋은 아이였다.

하지만 그러던 아이도 20대 후반엔 잘못된 길을 걷게 된다. 회사에서 해고당했고, 취업이 되지 않아 학자금 대출 상환이 밀렸다. 결국 술집에 나가게 되었다.

윤우는 그 모든 것이 자신 때문이라는 것을 잘 안다. 장남으로서, 대학과 대학원 진학에 넉넉지 않은 집안의 모든 역량이 집중되었던 탓이다. 지금 살고 있는 이 집도 대학원 비용을 마련하기 위해 나중에 팔리게 된다.

물론 간암으로 투병하다 돌아가신 아버지의 병원비 탓도 있었다. 폭음과 흡연을 일삼았던 아버지. 윤우는 아버지가 술을 끊지 못한 것도 자신이 살갑게 대하지 못해서라고 생각해왔다.

남자는 나이가 들면 고독해지는 법이다.

말벗이 필요하다. 그래서 나중에 자식들이 그리워지는 것이다. 만약 아버지 생전에 보다 살갑게 잘 했더라면, 그의 건강이 그렇게 악화되지는 않았을 터다.

어느새 윤우는 자신의 방으로 돌아왔다. 그리고 의자에 앉아 곰곰이 생각에 빠졌다.

좋은 기회를 잡은 것은 분명했다. 그 대가가 무엇인지는 확실히 모른다. 계약서를 작성한 것도 아니고, 일방적으로 사내의 손에 이끌려 과거로 돌아와 버린 것이니까.

윤우는 45년을 살면서 끊임없이 후회하고 있었다. 그때 그랬더라면 어땠을까. 좀 더 잘하면 더 좋은 미래를 만들 수 있지 않았을까.

하지만 이제 잘못된 것을 다시 제자리로 돌려놓을 수 있는 기회를 잡았다.

대가가 무엇인지는 모른다. 하지만 그것이 어떤 것이 되었든지 간에, 윤우는 잡은 기회를 놓치지 않고 제대로 써 보기로 했다.

책상에 앉은 윤우는 연습장과 펜을 꺼내 앞으로의 계획을 세우기 시작했다.

과정은 복잡하겠지만, 그의 목표는 단 하나였다.

평생 이루고자 했지만 이루지 못한 꿈.

한국대학교 국어국문학과 정교수가 되는 것.

다음 날, 윤우는 학교에 등교할 준비를 했다.

교복을 입어보는 것은 굉장히 오랜만이었다. 이질적이었지만 몸에 착 맞는 느낌이 좋았다. 왠지 마음까지 젊어지는 듯한 느낌이었다.

부엌으로 나가니 아침상이 차려져 있다. 예린이는 벌써 아침을 먹고 나갔는지 보이지 않았다. 부모님은 매일 새벽에 일을 나가시기 때문에 아침에 볼 일은 없다.

윤우는 식탁보를 걷었다. 김칫국과 계란말이, 김치, 오징어포가 반찬의 전부다.

숟가락을 든 윤우는 자기도 모르는 사이 눈물을 흘렸다. 어머니의 손맛을 정말로 오랜만에 느꼈기 때문이다.

'이번 생애에는 부모님께 더욱 효도해야겠어. 예린이도 더 잘 챙겨주고. 기회가 되면 아내도 찾아 봐야겠다.'

윤우는 밥알을 씹으며 그렇게 다짐했다.

평소라면 밥을 먹고 설거지를 하지 않지만, 윤우는 앞으로 자신이 설거지를 하기로 했다. 식기를 깨끗이 씻은 다음 가방을 메고 밖으로 나왔다.

3월 중순이라 날이 꽤 서늘했다. 학창 시절엔 늘 걸어서 등교를 했기 때문에 오늘도 걸어서 학교에 갔다. 윤우 걸음으로 20분 정도를 걸으면 상훈고등학교가 나온다.

상훈고는 유명하지도, 못나지도 않은 그런 평범한 인문계 학교였다. 남녀 공학이고 명문대 진학률이 높지 않다는 점만 빼면 특별히 흠잡을 데가 없는 곳이다.

그렇게 교문에 들어서려던 윤우. 눈에 익은 풍경이 펼쳐지자 잠시 걸음을 멈춰서 교정(校庭)을 둘러보았다.

"어이, 너!"

굵직한 목소리가 들렸다. 학생주임이었던 최규식 선생이 몽둥이를 손바닥으로 치며 윤우를 가리켰다.

"명찰은 어쨌어?"

"네?"

'명찰'이라는 말이 쉽게 귀에 익지 않았다. 윤우는 멍하니 최규식 선생을 올려다본다.

"이 자식 봐라. 명찰 왜 안 하고 왔냐고?"

그제야 윤우는 자신이 무엇을 실수했는지를 깨달았다. 명찰을 달지 않고 학교에 등교한 것이다.

"이쪽으로 와 인마!"

"아, 예."

학생주임이 가리키는 곳으로 가 보니 마찬가지로 복장 불량으로 걸린 아이들이 제법 보였다. 대개 명찰을 달고 오지 않거나 바지를 줄인 학생들이었다.

"뭐야, 김윤우. 웬일이래? 니가 학주한테 걸리다니."

반갑게 말을 걸어오는 학생이 있었다. 윤우는 그 친구가 누구인지 대번에 알아챘다. 가장 가까운 친구라고 할 수 있는 박성진이었다.

이런 모습으로 다시 보니 기분이 묘했다. 성진과는 꽤 오래도록 교우관계를 유지했다. 성진은 나중에 사업이 성공해 물질적으로 자신을 많이 도와주기도 했었다.

하지만 교수 임용이 되지 않으면서 자연스럽게 거리가 멀어지게 되었다. 계속 도와주었던 친구의 낯을 볼 면목이 없어 연락을 일방적으로 끊었던 것이다.

윤우는 웃었다. 이제 그럴 일은 없을 것이다.

"오랜만이다."

"뭐? 미친 새끼. 아침부터 뭐래는 거야. 우리 이틀 전에도 봤잖아."

성진이 피식 웃자 윤우는 자신이 실수를 했음을 자각했다. 어색하게 웃으며 말을 돌린다.

"아니, 아무것도."

윤우는 이번 생애에도 성진과 친하게 지내야겠다는 생

각을 했다. 아니, 어떻게든 그를 붙잡아 자신의 근처에 두고 싶었다. 이것저것 도움을 받았으니 이제 갚아 줄 차례다.

"그나저나 이거 대박인데? 니가 불독한테 걸릴 때도 있다니. 천하의 김윤우가 말이야."

윤우는 대답 대신 씨익 웃어 보였다.

확실히 지난 세월을 돌이켜보면 참 조용하게 학창시절을 보낸 것 같다.

있는 듯 없는 듯하게.

하지만 윤우는 더 이상 그렇게 평범한 학창시절을 보내지 않기로 결심했다. 어제 책상 앞에서 계획을 세운 대로 착실히 학창시절을 보낼 생각이다.

그가 가장 먼저 고민한 것은 진학 문제였다.

이전 생애처럼 백은대학교를 갈 것인가, 아니면 국내 최고의 명문인 한국대학교로 갈 것인가.

이건 간단한 문제였다. 윤우 자신의 가장 큰 약점은 이류 대학 출신이었다는 점이었다. 때문에 윤우는 처음부터 한국대학교로 진학하기로 결정을 내렸다.

한국대학교 국문과는 최고의 학부였다. 무엇보다도 후에 한국대학교 대학원으로 가기 위해서는 자대 출신인 것이 굉장히 유리하다.

BK21 사업 때문에 입학정원의 반수를 타 학교 학생으로 뽑아야 한다는 조항이 생기긴 하지만, 타대생으로 대학원 생활을 하기는 싫었다.

물론 입시가 쉽지는 않은 일이 될 것이다. 아무리 비인기학과인 국문과라고 해도 전국에서 순위권에 들어야 합격이 가능하니까.

그렇다고 해서 윤우가 불리한 것도 아니다.

그는 수십 년간 인문학을 연구한 학자였다. 배경지식은 물론 현상에 대한 이해력이 누구보다도 뛰어났다. 단순히 고등학교 공부를 하는 것은 그에게 큰 어려움이 되지 않을 것이다.

'하지만 그것만으로는 부족하지.'

문제는, 대한민국엔 공부를 잘하는 애들이 생각보다 많다는 점이다

윤우는 다른 학생들이 가지지 못한 어떤 특별한 것을 준비할 생각이었다. 그것은 그가 학교에서 조용히 지내지 않겠다는 결심과 맞닿아 있었다.

'생활기록부를 빡빡하게 채워야 해.'

윤우는 다른 학생들이 가지지 못한 내용들로 생활기록부를 채워나가기로 결정했다.

우선 세운 계획 중 가장 중요한 것은 전교회장에 출마하여 당선되는 것. 각종 대입 전형에서 유리하게 사용할 수 있기 때문에 윤우는 반드시 학생회 활동을 할 생각이었다.

그뿐만이 아니다. 교사들과도 원만한 관계를 유지하고, 친구들을 더 많이 사귈 생각이었다. 헌혈과 봉사활동은 말할 것도 없다. 이 모든 것이 평가에 반영되어 추후 대입에 유리하게 작용할 것이다.

'그리고 운동도 해야지.'

20대 후반부터 시간강사생활을 했던 윤우를 괴롭혔던 것이 바로 저질 체력이었다.

하루에 몇 시간씩 지방으로 이동을 하고, 또 강단에 서는 것은 보통 힘든 일이 아니었다. 그러다보니 수업 준비에 소홀해졌고, 강의 평가가 안 좋게 나와 버렸다.

만약 어렸을 때부터 근력을 키워 몸을 만들어 놨다면 보다 편하게 강의를 하고 연구의 질도 좋아졌을 것이다.

무엇보다도 윤우는 고등학교 2학년 때부터 소위 말하는 일진들로부터 괴롭힘을 당했다. 삥도 많이 뜯겼다. 다 몸이 약하고 강단이 없었던 탓이다.

아마 그 문제는 몸을 만들고 적극적으로 활동하다보면 어렵지 않게 해결될 것이다. 아무튼 윤우는 다음 주 쯤 격투기 학원에 등록을 하기로 결정했다.

그런 생각을 할 때 쯤, 학생주임 최규식 선생이 몽둥이를 휘두르며 이쪽으로 다가왔다.

"이 짜식들아. 월요일 아침부터 선생님 화나게 만들어야겠냐? 왜 말들을 그렇게 안 들어? 너희들 벌점 10점 받을래 아니면 운동장 오리걸음 다섯 바퀴 돌래?"

"오리걸음이요!"

목소리 큰 사람이 이기는 법이다. 몇몇 학생들이 벌점을
외쳤지만 남녀학생 관계없이 오리걸음을 하겠다는 학생들
이 더 많았다.

"좋아. 오리걸음. 다들 귀 잡고 출발!"

윤우는 귀를 잡고 오리걸음을 하는 와중에도 고민에 빠
졌다. 계획을 세우다 보니 반드시 알아내야 하는 한 가지
문제가 있었기 때문이다.

'그런데 문제는, 과거가 예전에 그랬던 것처럼 똑같이
반복되냐는 거겠지.'

그 악마 같은 사내가 정보를 제대로 알려준 게 없어 윤우
는 대부분의 상황을 추론해내야만 했다. 과거로 돌아오긴 했
으나 과거에 일어난 일이 똑같이 반복된다는 보장이 없었다.

만약 똑같은 일이 반복된다면 긴장할 것 없이 여유롭게
계획을 세울 수 있겠지만, 그렇지 않다면 얘기는 달라진
다. 변수가 생겨 미래가 달라질 수 있기 때문이다.

어쨌든 윤우는 당분간 긴장을 하며 지내기로 했다. 그리
고 추억 속에 묻혀 있던 일들이 다시 그대로 반복되는지를
제대로 관찰해 보기로 결심했다.

그렇게 생각을 마무리할 때쯤, 오리걸음이 끝났다. 다들
탄성을 지르며 바닥에 주저앉는다.

하지만 이상하게도 윤우는 전혀 힘들지 않았다. 오히려 에너지가 넘쳐흐를 정도였다.

'이상한데? 몸이 가벼운 느낌이야.'

마치 준비운동을 끝낸 것처럼 힘이 느껴졌다. 윤우는 뭔가 신체가 변했다는 느낌을 받았다. 다리가 떨린다든가 당기는 것도 없었다.

'설마 그 악마 같은 남자가 내 몸에 무슨 짓을 해 놓은 건가?'

윤우는 그렇게 추측해 보았지만 확실한 것은 아무것도 없었다. 다만 나중에 시간이 날 때 정확히 테스트를 해보기로 결정했다.

"으아 죽겠다."

성진은 힘들다며 투덜거렸다. 그런데 윤우가 아무런 대꾸도 하지 않자 이상함을 느낀 성진이 그의 어깨를 턱 잡았다.

"너 이 새끼, 오늘 왜 그렇게 생각이 많아 보여? 어울리지 않게. 사람이 안하던 짓 하면 뒤진다고 하던데."

"그냥. 아침을 못 먹어서 그런가."

"아침? 뭐야, 그런 거였어? 따라 와라. 이 형이 매점 빵 쏜다."

"됐어."

웃음을 거둔 윤우가 그에게 다시 물었다.

"그런데 우리 학교 학생회실이 어디에 있었지?"

"학생회실? 개 뜬금없네. 그건 갑자기 왜?"

"흥미가 생겨서?"

그렇게 말한 윤우는 씨익 웃었다. 성진에게 앞으로 계획을 설명할 필요는 없었다.

기왕 움직이기로 결심했으니 빠르게 일을 처리해 나가기로 했다.

윤우가 기억하기로 학생회는 회장과 부회장을 제외한다면 특별한 투표 절차 없이 활동을 할 수 있는 것으로 알고 있었다. 일단 말단으로 들어가 기회를 봐서 출마를 하는 방법이 좋을 것 같았다.

성진은 눈을 동그랗게 뜨며 윤우에게 되묻는다.

"뭐야, 설마 너 학생회 하려고? 헐, 상훈고 최고의 귀차니스트인 네가?"

상훈고 최고의 귀차니스트.

참으로 오랜만에 들어보는 별명이었다. 윤우는 씁쓸한 미소를 지으며 교실 안으로 들어갔다.

한 가지 분명한 사실은, 앞으로 그 별명이 바뀌게 될 것이라는 점이었다.

점심시간이 끝나자마자 윤우는 운동장으로 향했다.

오리걸음을 했을 때의 그 기묘한 감각을 다시 느껴보기 위해서였다.

많은 남학생들이 축구와 농구를 하고 있다. 여학생들은 끼리끼리 모여 수다를 떤다. 그쪽을 슥 둘러본 윤우는 철봉 쪽으로 걸어갔다. 그리고 철봉을 쥐고 가볍게 팔에 힘을 주었다.

윤우의 눈이 크게 떠졌다.

'확실히 달라졌어.'

그렇게 생각할 수밖에 없었다. 예전이라면 턱걸이를 많이 해야 두 번 정도 밖에 못했을 테니까.

하지만 지금은 열 번을 해도 팔에 무리가 가지 않았다. 아니, 열 번은 물론이고 스무 번이든 서른 번이든 얼마든지 해낼 수 있을 것만 같았다.

이번에 윤우는 인적이 드문 공간으로 가서 팔굽혀펴기를 해보았다. 오십 개, 백 개, 백오십 개…… 아무리 팔을 굽혀도 근육이 당기거나 아프지 않았다.

마지막으로 윤우는 그대로 교실까지 전력질주를 해 보았다. 숨이 차긴 했지만 크게 힘들지 않았다. 무엇보다도 예전보다 훨씬 빠르게 달릴 수 있게 되었다.

'믿을 수가 없군.'

윤우는 고양감에 휩싸였다.

마치 새로운 몸을 얻은 것 같은 기분이었다. 이대로 운동을 하게 되면 효과가 극대화될 것이다. 하지만 이런 힘을 얻게 된 이유에 대해서는 끝내 알지 못했다.

'역시 그 악마 같은 남자의 짓일까?'

하지만 윤우는 고개를 가로 젓는다. 그렇게 추론하기에는 증거가 부족했다.

'도대체 대가는 뭐지? 이런 기회를 주는 대신 그는 나에게서 무엇을 빼앗아 가는 걸까?'

윤우가 그렇게 고민하며 교실로 들어오는 도중 누군가와 부딪쳤다.

탁—

"아얏. 아, 진짜. 김윤우. 뭘 그렇게 생각하고 있길래 앞도 안 보고 다녀?"

포니테일을 한 여자아이가 인상을 쓰고 있다. 1학년 7반 부반장인 윤슬아. 중학교 동창이지만 별로 친하지 않아 인사만 하는 사이다.

윤우는 쓴웃음을 지었다. 어깨 살짝 부딪힌 걸로 이렇게 성질을 내다니.

사실 따지고 보면 그럴 만도 했다. 윤슬아는 공부를 잘하거나 부유한 아이들에게만 친절했으니까. 어른들 말로 속칭 '속물'이었다.

그리고 공부를 못하거나 가난한 친구들을 놀리거나 따돌림을 시켰다. 지금은 학기 초라 잠잠하지만 시간이 지나면 본색을 드러낼 것이다.

"미안, 미안."

"흥."

별 관심 없다는 눈으로 윤우를 흘겨본 그녀는 교실로 들어갔다. 윤우도 그녀의 뒤를 따라 들어가 자리에 앉았다.

교실엔 윤슬아를 포함해 급우 세 명을 제외하곤 아무도 없었다. 모두 밖으로 나간 모양이다. 실내는 조용해서, 오히려 운동장에서 들려오는 함성 소리가 더욱 크게 들릴 정도였다.

윤우는 책상 서랍에서 공통수학책을 꺼냈다. 복습을 위해서였다. 오늘 오전에 국어와 사회, 그리고 수학 수업을 들었는데 그 중 가장 애를 먹은 것이 바로 수학이었다.

수학은 윤우의 취약 과목 중 하나였다. 백은대학교로 진학한 것도 수학에서 점수가 나오지 않았기 때문이었다. 언어와 사회탐구, 외국어 성적은 어느 정도 나왔지만 수학에서 늘 죽을 쒔다.

때문에 윤우는 수학에 집중하기로 했다. 한국대학교는 국내 최고의 명문이다. 수학은 물론 과학탐구까지 입시에 반영하는 곳이다.

한때 아르바이트로 학원에서 학생들을 오래도록 가르쳐 봤던 윤우는 잘 안다. 예습과 복습만큼 성적을 올리는 확실한 방법은 없다고.

학창 시절에는 귀찮아서 예습과 복습을 하지 않았었다.

하지만 우연히 기회를 잡은 지금, 윤우는 같은 실수를 반복하지 않기로 했다.

그에게 시간은 금이었다. 이런 기회는 두 번 다시 오지 않을 테니까.

물론 그 길이 순탄치만은 않을 것이다.

하지만 윤우는 자신이 있었다. 과거에 자신이 어떤 실수를 했고, 어떤 나쁜 습관이 있는지 객관적으로 볼 수 있을 만큼 정신적으로 성숙해졌으니 말이다.

'사실 공부 정도는 아무 것도 아니지. 세상에서 공부가 제일 쉽다는 말은 틀린 말이 아니야.'

시간강사 생활을 하며 정말 숱한 어려움을 겪었다. 이 정도 노력은 아무 것도 아니다.

'안 되면 될 때까지 계속 하면 되는 거다.'

그렇게 마음을 다잡고 윤우는 오늘 배운 부분을 다시 살펴보기 시작했다. 그런데 오래 지나지 않아 책 위로 누군가의 그림자가 드리워졌다.

"뭐야, 어이없네. 설마 너 지금 공부하는 거?"

이번에도 윤슬아였다. 윤우는 펜을 손에 쥔 채 그녀를 올려다보았다. 중학교 때처럼 또 시비를 걸려는 것이다.

하지만 이제는 다르다. 윤우에겐 45년간 쌓은 방대한 경험과 지식이 있었다. 이런 타입의 여학생들은 예상외로 강하게 나가면 당황하는 법.

"왜, 내가 공부를 하면 안 되는 법이라도 있어?"

"응? 아, 아니. 그런 건 아니고."

즉시 반응이 오자 윤우는 속으로 웃었다.

아마 예전의 자신이었다면 찍소리도 못했을 것이었다. 하지만 수십 년간 강단에서 굴렀던 그다. 화술만큼은 누구에게도 지지 않을 자신이 있다.

"용건은?"

윤우가 펜을 돌리며 조금 거만하게 묻자 슬아는 멍하니 그를 바라보았다.

"뭐야 너?"

"뭐가?"

"평소의 너답지 않잖아? 뭐라도 잘못 먹었어?"

윤우는 씨익 웃었다.

"평소답지 않다니? 간단한 논리야. 너랑 내가 친하지 않아서 그랬겠지. 네가 나에 대해서 뭘 알고 있는지 잘 생각해 보면 답이 나오지 않을까? 우리는 같은 중학교를 나왔지만 얘기도 많이 안 해 본 사이잖아."

"그건……."

슬아는 말을 잇지 못했다. 정곡을 찔린 것이다. 윤우는 우리가 친하지 않다는 사실을 분명히 하며 대화의 페이스를 가져왔다.

"아무튼, 그냥 네가 공부해서 신기하길래 말 걸어 봤어.

넌 중딩 때부터 공부 안…….”

윤우는 그녀의 말을 툭 잘랐다.

“말 그대로 중딩 때까지겠지. 지금은 달라. 나는 대학에 갈 생각이야. 아주 좋은 곳으로. 너도 긴장해야 할 걸? 순위에서 밀리지 않으려면.”

슬아는 설마 하는 표정이었다. 당혹스러운 표정을 하면서도 비웃음을 잊지 않는다.

하지만 윤우는 슬아를 이길 자신이 있었다. 윤우는 다시 교과서로 시선을 돌렸지만, 우연히 뭔가를 떠올리고는 다시 슬아를 바라보았다.

“아, 맞다. 윤슬아. 하나만 물어봐도 돼?”

“뭔데?”

“너 학생회 소속이지?”

슬아는 고개를 끄덕였다.

“학생회에서 서기를 맡고 있어.”

“학생회 가입 조건이 있었나? 내가 알기론 그냥 지원하면 활동할 수 있게끔 되어 있는 걸로 아는데.”

“맞아. 지원제니까 면접을 봐서 특별한 문제가 없으면 활동 허가를 해 줘. 지금 홍보부 자리가 비긴 했는데. 근데 무슨 일인데?”

“학생회에 관심이 생겨서 말야.”

“……뭐? 네가?”

슬아는 또다시 놀랐다. 있을 수 없는 일을 본 것처럼 윤우를 멍하니 바라본다.

"그럼 난 공부 좀 할 게. 용건이 끝났다면 자리 좀 비켜주지 그래?"

그렇게 깔끔하게 마무리를 한 윤우는 문제에 집중을 했다. 한참이나 윤우를 멍하니 바라보던 슬아는 다시 자신의 자리로 돌아가야 했다.

예전이었다면 꿈도 못 꿀 윤우의 완벽한 승리였다.

방과 후, 윤우는 별관으로 이동했다.

사립 상훈고등학교의 별관은 오래된 목조 건물이다. 사방이 나무색을 띠었고, 가끔씩 삐거덕거리는 소리가 들려 걷고 있다는 실감을 더한다.

윤우가 이곳에 온 이유는 매우 간단했다.

학생회 가입을 위해서였다. 기왕 하려던 일이라면 최대한 빨리, 그리고 부지런히 해야 한다는 것이 윤우의 판단이었다.

학생회실엔 마침 부원들이 남아 있었고, 가입 신청서를 작성하고 그 자리에서 면접을 봤다. 그 자리엔 윤슬아도 있었다.

"마침 잘 됐네. 자리가 하나 비었는데 신청자가 없어서 난감했지 뭐야. 요즘 애들은 학생회를 하지 않으려고 하니까. 그런데 넌 왜 학생회를 하고 싶은 건데?"

학생회장 유명종이 물었다. 짧은 머리에 어깨가 넓어 듬직한 인상이다. 학생회장으로서의 위엄이 느껴졌지만, 윤우는 기죽지 않고 당당히 대답했다.

"중학교 땐 성격이 소심해서 하고 싶은 일들을 많이 못했어요. 지금은 고등학생이고, 새로운 학교에 왔으니 새롭게 활동을 해보고 싶습니다. 학교를 위해, 친구들을 위해 뭔가 할 수 있다면 좋을 것 같아요."

학생회장에 출마하고 싶어서라고는 말하지 않았다. 그럴 필요가 없었다.

아무튼 윤우의 대답은 모범답안인 모양이었다. 명종의 표정이 환하게 펴졌다.

"간만에 물건이 들어왔네. 앞으로 잘 부탁한다. 홍보부는 너에게 맡기마."

"감사합니다. 선배!"

"좋아. 신입도 들어왔는데 환영 파티를 좀 해볼까?"

"좋죠!"

윤슬아를 제외한 모든 학생회 임원들이 소리 높여 외쳤다. 윤슬아는 여전히 못마땅한 표정으로 윤우를 바라보고 있다. 왜 학생회에 들어왔는지 모르겠다는 눈치다.

한편 윤우는 학생회장이 앉아 있는 상석을 바라보며 미소를 짓고 있었다. 조만간 저 자리를 자신의 것으로 만들리라. 윤우는 그렇게 다짐하고 또 다짐했다.

◆

환영회를 끝내고 윤우는 집으로 돌아왔다. 밤 9시에 가까운 시간이었다. 커다란 티를 걸치고 짧은 반바지를 입은 예린이 문을 열었다.

"늦었네?"

"응. 아버지 어머니는?"

"당연히 아직 안 들어오셨지."

"아아. 그렇지 참."

그제야 생각이 났다. 부모님은 밤 11시가 넘어서야 돌아오신다는 사실이 말이다.

회귀를 한 지 하루밖에 지나지 않았지만 윤우는 주변 환경에 금방 적응할 수 있었다. 그가 지혜롭기도 했지만, 이미 한 번 살아본 인생이라 금방 익숙해졌기 때문이다.

"뭐야, 오빠 오늘 이상한데? 늦게 들어온 데다가 이상한 것도 묻고. 왜 이렇게 늦었어? 평소엔 늘 오후에 왔잖아."

"환영회 하느라 좀 늦었다."

"환영회?"

"학생회 가입했거든."

학생회라는 말에 예린이 깜짝 놀랐다.

"뭐어? 오빠가 학생회?"

윤우는 예린의 머리를 톡톡 건들며 말했다.

"그런 표정으로 보지 마. 미안한데 오빠 들어가서 공부 좀 할 거니까 집 정리 좀 부탁해."

"공부? 오빠가? 으, 응. 알았어."

방으로 들어가는 윤우의 모습을 계속 지켜보던 예린은 고개를 갸우뚱했다. 늘 집에 들어오면 컴퓨터부터 켜던 사람인데, 왠지 하루아침에 오빠가 다른 사람이 된 것 같았기 때문이다.

방으로 들어간 윤우는 옷을 갈아입고 책상에 앉았다. 그리고 연습장을 꺼내 첫줄에 적힌 목표 하나를 삭제했다.

– 학생회 가입

그리고 다음 목표를 확인했다.

– 1학기 중간고사 전교 1등

윤우는 목표를 달성하기 위해 즉시 가방에서 책을 꺼냈
다. 그리고 앞으로 한 달 남은 1학기 중간고사를 위해 필사
적으로 공부를 시작했다.

NEO MODERN FANTASY STORY

뉴 라이프

NEW LIFE

Scene #2 작은 성과

Scene #2 작은 성과

"대박……."

윤우의 어깨를 감싸며 성적 공고를 보던 박성진이 믿을
수 없다는 듯 말했다. 두 사람의 눈앞에 붙은 종이는 1학기
중간고사 석차를 알리는 종이였다.

〈1학년 전교 석차〉
1등 – 윤슬아(98.7)
2등 – 김윤우(98.6)
3등 – 정철훈(96.1)
……
……

"야, 니가 전교 2등이라니 이게 말이 돼? 어?"

"눈앞에 명백한 증거가 있는데 뭘 의심을 하고 그래."

윤우가 여유롭게 대꾸했다. 이제는 제법 건방지기까지 하다.

회귀를 한 지 한 달이 지났다. 윤우는 완전히 고등학생처럼 행동하고 있었다. 물론 그 생각은 45세 시간강사 김윤우였지만 말이다.

아무튼, 보이는 바와 같이 윤우는 1학기 중간고사에서 전교 2등을 차지했다. 목표했던 1등은 아깝게 달성하지 못했다.

하지만 그의 기분이 나쁘지 않았던 것은 주요과목 점수가 1등인 슬아보다 더 높았기 때문이다. 평균이 0.1점 낮은 것은 실기가 포함되는 미술과 음악 등 예체능 과목에서 점수가 낮게 나와서 그렇다.

윤우는 크게 마음을 쓰지 않았다. 그가 알기로 한국대학교는 예체능 성적을 반영하지 않았으니까.

선천적인 면이 크게 작용하는 예체능에 시간을 허비하는 것보다, 노력해서 끌어올릴 수 있는 지필과목을 위주로 공부를 하는 것이 후에 수능을 준비할 때도 도움이 된다고 판단했다.

"대박, 아무튼 쏴라! 전교 2등이면 어마어마한 거잖아? 게다가 슬아랑 0.1점 차이밖에 안 나고!"

"호들갑 떨지 마. 이건 시작에 불과하니까."

말 그대로 이것은 시작에 불과했다. 윤우는 이 성적을 유지하며 이제는 모의고사를 대비할 생각이었다.

그는 여유를 부리면서도 방심하지 않았다. 성적을 올리는 것보다 그것을 유지하는 게 더 어렵다는 사실을 잘 알고 있기 때문이다.

"뭐? 이 건방진 새끼! 어디 이래도 그렇게 건방지나 한번 보자!"

성진이 윤우에게 헤드락을 걸었다. 그가 거칠게 잡아당기며 이리저리 복도를 움직였지만, 윤우는 비명을 지르면서도 싫지 않은 표정을 하고 있다.

각박한 사회를 살아갈 때마다 근근이 동경해 왔던 삶이다. 당연히 싫을 리가 없었다. 기왕 이렇게 된 거 제대로 즐겨보기로 했다. 물론 목표를 하나하나 이루면서 말이다.

그런데 바로 그 때,

"애들도 아니고 유치하게."

윤슬아였다. 성진은 헤드락을 풀고 입맛을 다셨다.

"아아, 미안하다 부반장. 윤우가 2등을 해서 말야. 한 턱 쏘라고 하는데 건방진 말을 하잖아. 이건 시작에 불과하다나 뭐라나?"

"시작에 불과하다고?"

윤슬아는 경계심 어린 눈빛으로 윤우를 노려보았다. 씨익 웃은 윤우는 그 눈빛에 움츠러들지 않았다. 오히려 오연히 서서 눈빛을 맞받아친다.

"왜? 할 말이라도 있어?"

윤우는 슬아의 약점을 파고들었다. 상대방이 예상하는 것 이상으로 강하게 나가기.

"아, 아니, 뭐랄까. 축하한다는 말을 해줘야 할 것 같네. 너 이렇게 공부 잘 하는 애 아니었잖아? 매번 중위권에 머물러 있었던 것 같은데."

"공부라는 건 하기 나름이지. 한 만큼 나오는 법이야. 적어도 공부만큼은 노력을 배신하지 않지."

왠지 어른스러운 대답이었다. 슬아는 그런 윤우의 여유가 듣기 싫었다. 그녀도 잘 안다. 주요과목에서는 윤우에게 밀렸다는 사실을.

"다음엔 1등 지키는 게 쉽지 않을 거야. 열심히 해."

그렇게 덧붙인 윤우는 슬아의 어깨를 툭툭 치고 교실로 돌아갔다.

슬아는 얼굴을 붉혔다. 부끄러워서가 아니다. 자존심이 상할 대로 상했던 것이다.

하지만 그의 말대로 다음 시험은 쉽지 않을 것이다. 윤우는 이미 계획을 수정, 보완했다. 1학기 기말고사에서는 기필코 전교 1등을 차지하는 것으로.

'2학기 시험에서는 예체능 과목도 지필고사만 치르니 불가능한 일은 아니지.'

그렇게 교실로 들어온 윤우는 휴대폰을 열고 어머니에게 전화를 걸었다. 아직 점심시간이 끝나려면 멀었으니, 통화할 시간은 충분했다.

– 아들, 무슨 일이야?

"어머니. 통화 괜찮아요?"

– 물론이지. 아들이 전화를 다 해줬는데 없는 시간 만들어서라도 받아야지. 무슨 일인데 그래? 혹시 안 좋은 일이라도 있는 건 아니지?

윤우는 가벼이 웃었다. 전화만 하면 늘 걱정하는 건 예나 지금이나 변함이 없다. 예전에는 걱정만 끼쳐 드렸는데, 이제는 아니다.

"안 좋은 일 아니에요. 오히려 좋은 일인걸요? 어머니. 놀랄 준비됐어요?"

– 뭔데 그래? 궁금하게.

"저 이번에 중간고사 전교 2등 했어요."

– 응? 전교 2등? 정말? 장하다 내 아들! 정말 기쁘다, 기뻐! 이따 집에 들어갈 때 고기라도 사가지고 들어가야겠다. 오늘은 일찍 들어갈 테니까 저녁 먹지 말고 기다리고 있어. 알았지? 응?

"그래요. 그럴게요."

윤우는 전화를 끊었다. 그리고 아버지에게도 같은 내용으로 전화를 걸었다. 더 기뻐한 것은 아버지 쪽이었다. 부모님 모두가 기뻐하는 모습을 보니 괜히 코끝이 찡해져 왔다.

왜 전생에서는 진작 이러지 못했을까?

이렇게 간단하게 부모님을 기쁘게 해드릴 방법이 있었는데 말이다.

하지만 윤우는 딱 거기까지만 후회를 했다. 후회를 한다고 해서 과거가 바뀌는 것은 아니었으니까. 이대로 계획을 세워 앞으로 나아가는 것만이 지금으로서는 더 이익이었다.

"아차, 동생한테도 소식을 전해줄까?"

윤우는 간단히 문자를 적어 보냈다. 휴대폰을 닫기가 무섭게 답장이 왔다.

오빠 짱짱! 축하해♡

피식 웃은 윤우는 오늘 저녁 고기 파티를 한다고 답장을 보냈다. 예린은 알았다며, 이따 보자고 답장을 보내왔다. 윤우는 휴대폰을 닫고 주머니에 넣었다.

"뭘 그렇게 히죽거려?"

성진이가 시비를 걸 듯 물어왔다. 윤우는 고개를 으쓱하고 공통과학 책을 꺼내 예습을 했다.

"어휴, 독한 놈. 시험이 끝난 지 얼마나 됐다고 벌써 공부를 시작하는 거냐?"

"너 본받으라고."

"말은 잘해요, 말은."

그렇게 점심시간이 끝나고 공통과학 수업이 시작되었다. 식후라 조금 피곤하긴 했지만, 윤우는 두 눈에 불을 켜고 칠판을 바라보았다.

◆

학생회 활동을 마치고 집으로 돌아오니 저녁 7시가 조금 넘어 있었다. 부모님은 집에 먼저 와 있었고, 예린이도 앞치마를 두르고 고기 파티 준비를 하고 있었다.

"다녀왔습니다."

"장하다 내 새끼!"

아버지가 윤우의 머리를 격하게 쓰다듬어 주었다. 이런 애정 표현은 처음이었기에, 윤우는 왠지 기분이 묘해졌다.

"오빠, 기분이 어때? 응?"

"기쁜데 좀 아깝지. 아쉽기도 하고."

"아쉽다니, 왜?"

"1등이랑 0.1점 차이밖에 안 나거든. 한두 문제만 더 맞췄어도 앞지를 수 있었는데 말이야."

"0.1점? 와, 오빠 정말 대단해!"

그렇게 집안에서는 웃음소리가 끊이질 않았다. 늘 조용하기만 했었는데, 이런 모습도 썩 나쁘지는 않은 것 같다.

그렇게 모두가 자리에 앉았고 고기 파티가 시작됐다. 삼겹살이 불판 위에서 지글거리며 익어가고 있다. 군침이 도는 기름진 향기가 온 집안을 가득 메웠다.

"자, 우리 아들이 시험을 잘 쳤으니 기분 좋게 한 잔 해볼까?"

그렇게 말한 아버지는 소주를 잔에 부었다. 오늘은 기쁜 날이라 어머니와 예린이는 딱히 말리지 않았지만, 윤우는 달랐다.

"아버지."

"응? 왜 그러냐."

"술을 조금 줄여보시는 건 어때요?"

"술을? 허허, 인석. 갑자기 무슨 얘길 하는 게야?"

아버지가 간암에 걸리게 된다는 말은 차마 입 밖으로 꺼낼 수가 없었다. 윤우가 생각하기로, 당신이 간암에 걸리게 된 가장 결정적인 이유는 폭음이었다.

"이제 건강을 좀 신경 쓰셔야지요. 제가 앞으로도 계속 기쁘게 해드릴 건데 말예요. 오래 사셔야죠?"

"아이구, 우리 윤우가 벌써 철이 들었구나."

"하하핫! 인석 말하는 것 좀 봐라. 그래, 그러자. 앞으로
는 술을 조금만 마시도록 하마."

"주말에 저랑 등산도 가시구요."

"등산? 어어…… 그거 좋지! 짜식, 너 오늘 마음에 든다.
한 잔 해 볼래?"

"전 아직 미성년자라고요."

"괜찮아, 괜찮아. 술은 아버지한테 배우는 거다. 자, 자
한잔만 받아 봐."

"아버지도 참……."

사실 윤우는 등산을 그리 좋아하지 않는다. 약한 몸 때
문이었다.

하지만 지금은 다르다. 이전과는 달리 신체능력이 비약
적으로 좋아졌고, 그도 나중을 위해 정기적으로 운동을 해
야 할 필요성을 느꼈으니까.

무엇보다도 아버지를 외롭게 해드리고 싶지 않았다. 직
장에서 매번 닳고 치이는 아버지였다. 아들이자 친구가 되
어 힘을 드리고 싶었다.

윤우는 이런 사소한 변화 하나가 모여 나중의 큰 기쁨으
로 변한다는 사실을 누구보다도 더 잘 이해하고 있었다.
윤우의 정신만큼은 45세, 아버지와 또래였기 때문에 가능
한 일이었다.

아버지에게 한 잔 받은 윤우는 고개를 슬쩍 돌리더니 소주를 입에 털어 넣었다. 그리고 인상을 있는 대로 찡그렸다.

물론 연기였다.

오랜만에 맛보는 소주는 맛이 굉장히 좋았다.

다음 날 점심시간. 오늘도 어김없이 윤우는 수학 문제집을 꺼내 들었다.

윤우는 학원을 다니지 않고 스스로 공부했다. 형편상 학원을 다니기가 부담스러웠던 것이다.

물론 조금 무리를 하면 등록이야 할 수 있겠지만, 윤우는 스스로 해낼 수 있다고 생각했다. 무엇보다도 부모님을 또다시 고생시켜 드리고 싶지 않았다.

대학교 학비도 스스로 벌 생각이다. 될 수 있는 대로 수석을 노려 장학금을 받고, 만약 실패한다면 학원이나 과외를 해서 학비를 모을 생각이었다.

주식에 잠시 손을 댔던 윤우라, 어떤 회사의 주식이 앞으로 성장할지는 알고 있었다. 하지만 과거가 똑같이 반복된다는 보장이 없었기 때문에 시장을 좀 더 지켜보기로 했다.

그렇다고 일확천금을 노리지는 않을 것이다. 적당한 가
난은 사람을 부지런하게 만든다. 돈은 나중에도 얼마든지
벌 수 있으니 일단은 한국대학교에 입학하는 것이 우선이
었다.

문제집을 펼친 윤우의 시야가 확 트였다.

'이제 공부에 완전히 익숙해졌어.'

어려웠던 수학도 반복해서 문제를 풀고 오답 노트를 만
들다 보니 문제만 봐도 풀이법이 절로 떠오를 정도가 되었
다. 말 그대로 요 몇 달간 윤우는 수학에 미쳐 살았다.

그래도 윤우는 자만하지 않았다. 그 풀이법이 늘 맞는
것은 아니었기 때문이다.

성적이 많이 오른 것은 분명하지만 아직 완벽하다고는
할 수 없다. 한국대학교는 국내의 수재들이 몰리는 대학.
그렇게 만만하게 볼 것이 아니다.

그렇게 윤우는 심호흡을 하며 문제 풀이를 시작했다.

그런데 오래 지나지 않아 스피커에서 익숙한 목소리가
흘러나왔다.

– 알립니다. 지금 학생회 임원들은 회의실로 모여주기
바랍니다. 다시 한 번 알립니다…….

학생회장 유명종의 목소리였다. 윤우는 펜을 내려놓으
며 고개를 갸웃했다.

'무슨 일이지? 오늘은 회의가 있는 날은 아닌데.'

점심시간에 학생회를 소집하는 것은 드문 일이였다. 그래도 윤우는 즉시 문제집을 덮고 자리에서 일어섰다.

세 칸 앞자리에서 윤슬아도 일어섰지만, 서로 신경을 쓰지 않았다.

그렇게 두 사람은 각기 다른 방향으로 학생회실로 향했다. 윤우는 별관으로 이어진 복도 쪽 방향을 택했고, 슬아는 현관 밖으로 나가서 별관으로 걸어갔다.

바로 그때.

삐그덕—

깜짝 놀란 윤우는 걸음을 멈췄다. 나무 바닥이 내는 마찰음 때문에 놀란 것이 아니었다.

놀랍게도, 눈앞에는 검은 양복을 입은 사내가 이쪽을 바라보며 서 있었다.

"당신은……."

분명 그 사내였다.

자신을 과거로 회귀시켜 준 악마 같은 사내.

입술이 창백하고 눈매가 여전히 날카로운 그 사내가 눈앞에 나타난 것이다.

사내는 불쾌한 미소를 지으며 말했다.

"그래. 자네가 생각하던 그대롤세. 잘 지냈나? 좋아 보이는군."

윤우의 가슴이 미친 듯이 뛰기 시작했다. 몸에서 힘이

조금씩 빠져나가는 느낌이다.

하지만 정신을 바짝 차렸다. 그에게 물어볼 말이 너무나 많았기 때문이다. 이번 기회를 놓친다면 또다시 그가 언제 나타날지는 아무도 모른다.

"먼저 고맙다는 말을 전하죠."

"별말씀을."

윤우의 말에 사내는 씨익 웃었다. 창백한 얼굴에 주름이 져 흉측했다.

"당신 덕에 과거로 돌아올 수 있었습니다. 예전에 했던 실수를 바로잡고, 차근차근 계획을 세워 앞으로 나아가고 있죠. 덕분에 미래는 밝을 것 같습니다. 이게 꿈이 아니라면 말입니다."

"아아, 역시. 학자답게 의심이 많군. 꿈은 아니야. 내가 보증하지."

"다행이군요. 꿈이 아니라서."

돌연 사내의 낯빛이 잔혹하게 변했다.

"글쎄, 과연 다행일까?"

윤우는 소름이 돋았다.

흔들리지 않겠다는 굳은 다짐도 어느덧 사라지고 말았다. 손이 덜덜 떨리기 시작했다. 가슴 깊숙한 곳으로 원초적인 공포가 똬리를 틀기 시작했다.

삐걱—

사내가 걸음을 옮길 때마다 나무 복도가 비명을 지르기 시작한다. 화창한 봄 날씨인데도 뼛속까지 시린 한기가 느껴진다. 윤우는 반사적으로 몸을 움츠렸다.

"놀라지 마. 자네를 해치거나 하진 않으니까."

"다, 당신은 도대체……."

한 걸음 앞까지 다가온 사내가 윤우의 어깨를 툭툭 두드렸다. 닿을 때마다 어깨가 얼어붙을 정도로 차가운 감각이 느껴졌다.

"큭……."

윤우는 이를 꽉 깨물었다. 그러나 눈앞의 사내는 여유로운 미소를 짓고 있다.

"자네는 아직 궁금한 게 많아 보이는군. 좋아. 인심 쓰지. 질문을 받겠어. 부담 갖지 말고 물어보게나."

"당신은……."

"기왕 하는 김에 재미있는 질문으로 부탁하네."

"당신은, 신입니까?"

적막이 감돌았다.

마치 시간이 정지한 것처럼 윤우도, 사내도 아무런 말도 하지 않았다. 1초가 1분처럼 지나갔다. 영원히 끝나지 않을 것 같은 침묵이 주변을 휩쓴다.

이내 사내의 입이 열렸다.

"신? 글쎄, 애매하군. 뭐, 좋을 대로 생각하게. 나는 인간들의 판단을 존중하는 주의라서."

"……그렇다면 질문을 바꾸죠. 도대체 당신은 나에게 원하는 게 뭡니까?"

"오, 그건 제법 흥미가 도는 질문인데?"

삐거덕—

사내는 윤우를 지나쳐 복도를 걷기 시작했다. 그가 멀어질수록 온몸을 쥐어뜯던 한기가 점차 미약해졌다. 윤우는 보다 편하게 숨을 쉴 수 있게 되었다.

하지만 사내는 두어 발자국만 내딛었을 뿐이다. 그는 창틀에 팔을 걸친 채 창밖을 바라보기 시작했다.

기이한 장면이 펼쳐졌다. 햇빛이 들었지만, 그의 얼굴과 몸에 닿진 않았다.

곧 사내가 입을 열었다.

"모든 현상엔 이유가 있다. 전생에 자네가 평소 즐겨하던 말이지. 맞나?"

윤우가 고개를 끄덕이자 피식 웃은 사내가 몸을 이쪽으로 돌리며 말을 계속했다.

"바꿔 말하면 이런 거겠지. 모든 일엔 대가가 따른다. 그건 나와 자네 사이에도 마찬가지야."

"대가라면?"

사내는 웃으며 고개를 가로 저었다.

"아, 걱정은 하지 마. 어딘가의 얼간이들처럼 계약의 대가로 자네의 영혼을 빼앗아가거나 하지 않으니까. 다만, 자네를 지켜보며 조금의 즐거움을 얻어간다고나 할까."

"내가 한국대학교의 교수가 되는 것과 당신의 즐거움은 도대체 무슨 관계가 있는 겁니까?"

예리한 일침이었다. 고등학교 1학년이 할 수 있을 만한 반문이 아니었다.

하지만 대화의 상대는 윤우가 고등학교 1학년이 아니라는 것을 잘 안다.

"이 친구, 뭔가 단단히 착각하고 있군. 내가 단순히 자네를 교수로 만들려고 이 짓을 벌인 줄 아나? 한강 둔치에서 있었던 일을 잘 떠올려보게."

윤우는 생각에 잠겼다.

술에 취하긴 했어도 그 일은 잊히지가 않았다. 사내는 교수 사회를 어떻게 생각하냐고 물었었고, 자신은 분명 욕설을 섞어 그것을 폄하했었다.

마지막으로 사내는 그 썩어 문드러진 사회를 바꾸라고 했었다.

"교수가 되어 부패한 교수 사회를 개혁하라는 말씀입니까?"

"그랬지. 하지만 그건 시작에 불과해."

"시작에 불과하다?"

"그건 자네도 차차 알게 될 거야. 미리 말해주면 재미가

없지. 한 가지 확실한 것은, 모든 게임의 시작은 자네가 한
국대학교 교수에 임용되고 나서부터라는 거야."

씨익 웃은 사내가 품에서 무언가를 꺼냈다. 두 번 접힌
흰색 종이였다.

"하지만 이대로는 자네의 꿈을 이루기가 어려워 보이는
군. 자네는 너무 가난해. 딱한 사람. 돈이 부족해 공부도
혼자서 하는 모양이더군."

사내는 손에 든 종이를 윤우에게 건넸고, 윤우는 멍하니
그 종이를 받아들었다.

"이 종이엔 숫자가 적혀 있네. 그 번호로 복권을 사도록
하게. 과거로 돌아갔음에도 불구하고, 돈이 없으면 아무것
도 할 수 없다는 걸 자네는 깨닫지 못하고 있어."

윤우는 미간을 찌푸렸다. 양손에 힘이 들어가 주먹을 꽉
쥐었다.

사내의 말이 틀린 것은 아니다. 현대사회를 살아가는 것
에 돈은 필수적이다. 인정하고 싶지는 않았지만, 돈이 할
수 없는 일은 거의 없을 정도다.

사내가 준 번호로 복권을 사고, 당첨금을 받아 고액과외
를 받거나 스타 강사에게 강의를 들으면 분명히 공부 효율
은 더 올라갈 것이다.

하지만 윤우는 고개를 가로 저었다.

돈이 전부가 아니다.

아니, 돈이면 모든 게 해결이 되는 세상에서 살고 싶지가 않았다.

그랬기에 교수직을 돈으로 사지 않은 것이다. 돈으로 그 자리를 산다는 것은 지금까지의 자신의 노력을 부정하는 것과 다름이 없는 짓이었으니까.

윤우는 인문학을 하는 사람이다.

인문학이란 무엇인가?

바로 사람이 사람답게 사는 방법을 연구하는 학문이다.

그랬기에, 윤우는 그가 건넨 종이를 꾸긴 뒤 복도 저편으로 던져버렸다. 그의 자존심이 이 종이 쪼가리를 도저히 용납하지 못했다.

"제가 해내지 못할 거라고 생각하십니까?"

윤우의 두 눈이 투지로 불타올랐다. 눈앞의 사내는 자신의 자존심을 짓뭉개려 하고 있다.

한편 그것을 지켜보던 사내는 낮은 탄성을 지르며 재미있다는 듯 윤우를 마주보았다.

"해낼 거라고 생각해. 하지만 지금으로선……."

"두고 보십시오. 한국대학교에 반드시 입학해 보일 테니까!"

그렇게 내뱉은 윤우는 사내를 지나쳐 복도를 걷기 시작했다. 그러자 곧이어 사내의 음성이 뒤편에서 날아왔다.

"만약 실패한다면?"

윤우는 멈칫했다.

하지만 돌아보지 않은 상태에서 이렇게 대꾸했다.

"제 인생에서 실패는 한 번으로 족합니다."

윤우는 다시 걸음을 옮겼다. 만족스럽게 웃은 사내도 돌아서 복도 반대편으로 걸어가기 시작했다.

창틀에서 불어온 바람이 바닥에 떨어진 흰 종이를 뒹굴게 했다.

이내 접힌 부분이 활짝 펴졌다.

그런데 종이는 깨끗했다. 앞면도, 그리고 뒷면도.

사내가 윤우에게 건넸던 그 종이엔 어떠한 숫자도 적혀 있지가 않았다.

NEO MODERN FANTASY STORY

뉴 라이프
NEW LIFE

Scene #3 과거의 인연

NEW
LIFE

Scene #3 과거의 인연

방과 후, 학생회실에서 치열한 공방이 이어졌다.

상황을 간단히 정리하면 이랬다.

윤우가 축제 후원금에 관한 아이디어를 냈는데, 평소 그를 못마땅하게 여기던 슬아가 꼬투리를 잡고 공격하고 있었던 것이다.

홍보부장인 윤우는 축제 안내지에 주변 점포 광고를 싣는 것으로 홍보비를 받아 부족한 예산을 해결하자는 의견을 냈다. 간단하면서도 현실성이 있는 아이디어였다.

많은 학생회 임원들이 고개를 끄덕이며 공감을 표했지만, 슬아만큼은 아니었다.

그녀는 자리에서 일어서 열변을 토할 만큼 강하게 반대했다.

"그러니까 학생회 이미지에 안 좋다니까 그러네? 말이 후원이지 돈을 모으러 다니는 거랑 마찬가지잖아?"

각종 학회에서 숱하게 토론에 참가했던 그였다. 이 정도의 공격은 애들 장난 수준이다.

윤우는 슬아의 반박을 충분히 경청한 다음, 논리적인 약점을 찾아 그 부분을 맹렬하게 파고들었다.

"이건 대가가 있는 정당한 후원금이야. 우리는 행사지에 가게들 광고 실어주고, 업주들은 홍보효과도 얻고 하는 거지. 이번 우리 축제의 모토가 '다 같이 함께' 잖아? 지역사회와 상생한다는 이미지를 심어줄 수도 있지."

많은 임원들이 고개를 끄덕였다.

하지만 슬아는 아니었다.

"홍보 효과는 없어. 누가 그걸 본다는 거야? 축제가 끝나면 쓰레기가 될 뿐이잖아."

"축제 안내 책자는 우리학교 학생들 수만큼 발행돼. 그리고 한 부씩 돌아가지. 다시 말해, 발행되는 숫자만큼 효과가 있다고 계산해야 한다는 거야. 네 짐작대로 된다 안 된다 할 수 있는 게 아니고."

궁지에 몰린 슬아는 결국 얼굴을 붉히며 목소리를 높인다.

"어쨌든……!"

"그렇게 반박을 하고 싶으면 대안을 내봐. 더 좋은 아이디어가 있다면 그쪽에 찬성할 테니까."

윤우의 일침에 슬아는 꿀 먹은 벙어리가 됐다.

이 토론을 흥미롭게 지켜보던 학생회장 유명종이 박수를 두어 번 치며 상황을 정리했다.

"자, 자. 그만들 해. 간단히 투표로 결정하면 되니까. 윤우의 의견에 찬성하는 사람 손들어 봐."

슬아를 제외한 모두가 손을 들었다. 표결할 필요도 없는 일이었다.

유명종이 고개를 끄덕였다.

"결정됐네. 행사비 안건은 이 정도로 정리하고, 윤우는 구체적인 기획안을 만들어서 제출할 것. 그럼 오늘 회의를 여기서 마치자. 이상!"

"수고하셨습니다."

학생회 임원들이 일제히 일어나며 학생회실을 빠져나왔다. 윤우를 매섭게 노려본 슬아는 제일 먼저 학생회실에서 나갔다.

윤우도 태연하게 걸어 나왔지만 사실 정신이 하나도 없었다. 아까 그 사내와 만났던 후유증이 아직도 남아 있었던 것이다. 뭔가 기분이 좋지 않았다.

"이야, 김윤우. 고생했다. 좋은 아이디어였어. 어디서 그런 생각을 해낸 거냐?"

따라 나온 학생회장 유명종이 어깨에 손을 올리며 친근하게 물어왔다.

윤우는 멋쩍게 웃으며 대답했다.

"솔직히 말씀드리면 제 아이디어는 아니에요. 대학에서는 보통 축제 전에 그렇게 후원을 받곤 하거든요."

"우린 바본가 보다. 그렇게 간단한 것도 생각을 못 하고. 아까 슬아랑 논쟁할 때도 느꼈는데 너 가끔 보면 고등학생 같지 않을 때가 있어. 알아?"

확실히 유명종은 학생회장다운 날카로운 면이 있다. 윤우는 몸만 고등학생이었으니까.

"친척 형이 대학에서 학생회장을 하고 있거든요. 그래서 평소 들은 게 많아요."

"그래? 그거 잘 됐네. 앞으로 많이 좀 도와줘라. 네가 학생회에 들어와서 얼마나 다행인지 모르겠다니까."

근 한 달 사이, 부지런하게 활동에 임한 윤우는 학생회장은 물론 다른 임원들에게까지 신망을 받는 존재가 되어 있었다. 물론 자신에게 적대심을 품은 윤슬아는 제외하고 말이다.

유명종은 씨익 웃으며 이렇게 덧붙였다.

"야망이 있으면 나중에 학생회장에 한 번 출마해보는 것도 나쁘지 않을 것 같고."

"예? 학생회장에요?"

"부담 주려는 건 아냐. 그냥 생각 있으면 이야기 하라고. 내가 도와줄 수 있는 데까지 도와줄 테니까."

안 그래도 그럴 생각이었다. 이미 세부 계획까지 다 짜 놓은 상태였다. 때가 되면 준비해 놓았던 것들을 풀어내며 본격적인 행보를 시작할 것이다.

하지만 아직은 아니다. 지금은 기반을 단단히 만들어 둬야 할 시기다.

윤우는 겸손하게 웃었다.

"죄송하지만 아직 거기까진 생각이 없어요."

"그렇게 빼지 말고 잘 생각해 봐. 너 보니까 은근 리더십도 있고 활동적이던데? 아는 것도 많고."

"그거야 선배가 좋게 봐주셔서 그런 거죠."

"겸손 떨기는. 아무튼 난 이만 간다. 내일 보자."

"예, 조심히 가세요."

윤우와 명종은 그렇게 헤어졌고, 윤우도 집으로 돌아가기 위해 교정 쪽으로 천천히 발걸음을 옮겼다.

"김윤우!"

누군가 뒤에서 불렀다. 돌아보니 박성진이 손을 흔들며 이쪽으로 뛰어오고 있다.

"뭐 하다 이제 가냐?"

"학생회 회의. 그러는 넌?"

"숙제 안 해왔다고 교무실로 끌려갔었잖아. 과학실에서

숙제 끝날 때까지 못 가게 가둬놓더라. 망할 담탱이 자식!"

"그건 과제를 해 오지 않은 네 탓이지."

성진은 입으로 헐 소리를 냈다. 하지만 금세 얼굴을 바꾸고 본래의 목적을 꺼내 놓는다.

"겜방 콜? 나 지금 영철이네랑 합류하려고 하는데."

게임방에 따라갈 여유 정도는 있었지만, 지금은 혼자 있고 싶었다. 만약 별관에서 그 사내를 만나지 않았다면 성진이를 따라갔을지도 모른다.

"오늘은 패스."

"너 또 집에 가서 공부하려고 그러지? 독한 새끼……."

"그렇게 나쁜 일은 아니지. 내가 좋은 성적을 내야 너한테 쏠 거 아냐?"

"아, 그렇구나! 역시 김윤우, 똑똑한데? 그럼 가서 열심히 공부를 하라고!"

성진이 앞으로 부리나케 달려 나갔다. 씁쓸히 웃은 윤우도 교문을 나섰다.

하지만 생각이 많은 탓에 발걸음이 시원치가 않았다. 결국 속도를 죽이던 윤우는, 근처에 있는 공원으로 들어가 벤치에 앉았다.

'뭔가 답답하다.'

소리를 지르며 뛰어 노는 아이들을 보며 곰곰이 생각에

잠긴 윤우. 그러다 문득 별관에서 만났던 그 사내와의 일이 떠올랐다.

자신 있게 소리치고 나오긴 했다. 한국대학교에 반드시 입학해 보이겠다고.

'그럴 자신은 있어. 기회는 얼마든지 있으니까. 하지만......'

사내는 말했다. 모든 게임의 시작은 교수 임용 후가 될 거라고.

많은 의미를 내포하고 있는 말이었다. 애초에 사내가 약속한 것은 교수 임용이었지만, 실제로 그는 그 이상의 것을 바라보고 있는 것이다.

'그 이상이라면 뭐지? 구청장? 장관? 정치인? 하긴, 교수직은 윗선으로 가는 통과의례와도 같은 거니까.'

문득 윤우는 그 사내의 모르모트가 되어버린 것 같은 느낌을 받았다. 몸에서 기운이 쭉 빠졌다. 마치 내 몸이 내 것이 아닌 듯한 느낌이다.

하지만 윤우는 주먹을 꽉 쥐어 보였다.

이대로 주저앉을 순 없었다.

어렵게 손에 넣은 기회를 놓치고 싶지는 않았으니까.

데구르르.

앞에서 축구공이 굴러온 탓에 윤우는 잠시 생각을 멈췄다.

일곱 살 정도 되어 보이는 꼬마 아이가 이쪽을 바라보며 멀뚱히 서 있다. 가벼이 웃은 윤우는 그 쪽으로 공을 차 주었다.

"고마워 형!"

윤우는 손을 들어 인사를 받아주었다.

그러다 문득, 그리운 얼굴들이 떠오른다.

'하은이, 시은이는 잘 있을까?'

또래 아이들을 보니 문득 두 딸아이들이 보고 싶어졌다. 하늘을 바라보는 윤우의 두 눈이 점차 아득해졌다.

'가연이는 지금 쯤 뭘 하고 있을까? 딸아이들은 다시 볼 수 없을지도 몰라. 하지만 가연이는 다르지. 사는 곳도 알고, 다니는 학교도 아니까. 마음만 먹으면 지금도 찾아갈 수가 있어.'

정가연. 늘 헌신적이며 상냥했던 아내의 모습도 덩달아 그리워져 버렸다.

강의가 끊겨도 포기하지 말라며 응원해 줬던 그녀.

보잘것없는 월급을 가져다줘도 해맑게 웃던 그녀.

언젠가는 꿈을 이룰 수 있을 거라고 격려해주던 그녀.

'그러고 보면 난 참 쓰레기였구나.'

윤우의 입에서 헛웃음이 나왔다. 그렇게 그리운 딸아이와 아내를 내버려두고 한강에서 목숨을 끊으려고 했으니,

스스로가 생각해도 최악의 남편이자 아버지였다.

하지만 후회는 딱 거기까지였다.

이미 후회를 자양분 삼아 더 나은 미래를 만들기로 굳게 결심한 후였으니까.

보란 듯이 성공해서 하고 싶었던 것들을 모두 할 것이다. 아내에게 좋은 옷을 선물해 주고, 아이들에게 질릴 때까지 장난감을 사줄 것이다.

그런 행복한 상상을 하다 보니 머리가 맑아졌다. 가슴이 상쾌해지는 느낌이 들었다.

윤우는 벤치에서 일어섰다. 기분이 많이 풀렸다. 그런데 집으로 돌아가는 도중 윤우는 문득 재미있는 생각을 하나 떠올렸다.

'가연이를 보러 한번 가 볼까?'

물론 직접 만날 생각은 없었다. 아내는 아직 자신을 모를 테니까. 먼발치에서 모습만이라도 보고 싶었다.

그녀와 처음 만난 것은 대학교 교양강의에서였다. 조별 프로젝트를 하며 가까워졌고 운 좋게 연인 사이로 발전한 케이스였다.

'그래, 가 보자!'

마침 거리도 멀지 않았기 때문에, 윤우는 들뜬 마음을 억누르며 곧장 지하철역으로 향했다.

약 30분 후, 해가 저물 무렵 윤우는 가연의 집에 도착했다. 아내의 친정은 건축된 지 좀 된 빌라였다. 그랬기에 한눈에 알아볼 수 있었다.

'정말 그대로네. 변한 게 거의 없는 거 같은데?'

주택가라 인근 지리는 예전과 거의 비슷했다. 회귀 전에 자주 들르던 식당도 그 자리에서 계속 영업을 하고 있었다. 반가운 마음에 윤우는 잠시 주변을 둘러보았다.

운이 좋으면 아내를 만날 수 있을 것이다. 윤우는 한참을 기다리며 자신의 운을 시험해 보기로 했다.

꼬르륵—

'뭐 먹을 거라도 사올 걸 그랬나?'

몰려드는 배고픔을 참으며 윤우는 빌라 입구로 시선을 고정했다. 간간히 좌우를 둘러보며 누가 빌라로 들어가지는 않는지 살펴보는 것도 잊지 않았다.

'어?'

그런데 그때, 빌라에서 교복을 입은 어떤 여학생이 밖으로 나왔다.

순간 윤우의 눈이 크게 떠졌다.

윤우는 무의식중에 그녀의 이름을 중얼거렸다.

"가연아……."

몇 번을 다시 봐도 분명 아내였다.

풋풋한 여학생 모습이었지만, 분명 아내가 맞았다. 순수한 미소, 오뚝한 콧날, 그리고 선한 눈동자가 그대로 남아 있었다.

윤우는 어느새 흘러내린 눈물을 닦고 그녀의 뒤를 천천히 따라갔다. 말을 걸고 싶은 충동을 강하게 억누르면서 말이다.

참아야 한다.

지금 말을 걸면 이상한 사람 취급을 받을 수 있다. 나중에라도 자연스럽게 친해질 수 있는 방법을 찾아보는 것이 나았다. 기회는 얼마든지 있을 것이다.

오늘은 멀리서 보는 것만으로 만족하기로 했다. 윤우는 멀찌감치 떨어져 가연의 뒤를 따라갔다.

저녁에 접어들어 그런지 조명등이 하나 둘 켜졌다. 경사가 져 있는 큰길을 걸어 내려가던 가연이 오른쪽 골목으로 접어들었다.

"아얏."

가연의 몸이 한번 휘청거렸다. 윤우는 깜짝 놀랐다. 그녀가 갈라진 보도블록에 다리를 삐끗한 것이다.

하마터면 윤우는 그녀에게 달려갈 뻔했다. 다행스럽게도 그는 잘 참아내었다.

가연은 손으로 발목을 만지작거렸지만, 크게 다치지 않았는지 다시 걷기 시작했다. 덕분에 윤우는 한숨 돌릴 수 있었다. 그녀의 행동 하나하나가 신경이 쓰였다.

그렇게 약 10분 정도 가연의 뒷모습만 보고 걸었다.

가연의 최종 목적지는 학원이었다. 그녀가 건물로 올라간 것을 확인한 윤우는 아쉬운 마음에 한참동안이나 그 건물 밖에 서 있었다.

'다행이야. 가연아. 다시 만날 수 있어서. 언젠가는 꼭……'

윤우는 웃으며 흘러내리는 눈물을 닦아내었다.

돌아오는 길에 윤우는 아내와 가까워질 방법을 고민해 보기 시작했다.

대학에 입학한 다음이라면 방법은 얼마든지 있다. 한국대학교에 진학해서 백은대학교로 학점교류를 신청하면 된다. 자연스럽게 강의실에서 그녀와 만나게 될 것이다.

하지만 대학 진학 이후라면 적어도 3년은 더 기다려야 한다. 윤우가 생각하기에 3년은 너무 길었다.

그 전에 가까워질 수는 없을까?

여러 가지 방법들이 떠올랐다. 하지만 실제로 써먹을 수 있는 것들은 많지 않아 보였다.

그 고민은 윤우가 집으로 돌아와 침대 위에서 잠들기 전까지 계속되었다.

NEO MODERN FANTASY STORY

뉴 라이프
NEW LIFE

Scene #4 새로운 별명

Scene #4 새로운 별명

다음 날, 윤우는 아침 일찍 학교에 도착했다. 지금 시각은 오전 7시. 건물 안은 인기척 하나 없이 조용했다.

윤우는 먼저 교무실에 들러 주번일지에 걸려 있는 열쇠를 찾았다. 눈에 보이는 선생님들께 인사를 한 뒤 다시 7반으로 돌아와 자물쇠를 열었다.

드르륵—

문을 열자 새벽 내내 쌓인 탁한 공기가 윤우를 훑고 지나갔다. 일단 윤우는 창문을 열어 환기를 시키고 자리에 앉았다.

자리에 앉은 윤우가 가장 먼저 하는 일은 오늘 학교에서 배울 내용을 미리 점검해 보는 것이었고, 오늘도 예외는 아니었다.

윤우는 일찍 일어나는 습관이 공부에 얼마나 큰 영향을 끼치는지 잘 알고 있었다. 뇌가 활성화되려면 잠에서 깬지 약 3시간이 지나야 하니 5시 반쯤 일어나 아침을 먹고 학교에 오면 딱이다.

이 모든 것은 9시에 시작되는 대학수학능력시험을 위한 것이었다. 아침 일찍 일어나 공부를 하는 습관을 들여 컨디션이 나빠지는 것을 막으려는 것이다.

윤우는 안다. 사소한 차이들이 모여 큰 변화를 야기한다는 것을.

하지만 책상에 앉은 윤우는 책에 집중하지 못했다.

책을 읽을 때마다 글자 위로 어제 만났던 가연의 얼굴이 떠올랐기 때문이었다.

"……."

결국 윤우는 펜을 내려놓고 책상에 엎드렸다. 연이어 한숨이 흘러나왔다.

'차라리 보러 가지 않았으면 좋았을 텐데.'

실제로 가연의 얼굴을 보고 나니 계속 보고 싶은 마음이 들었다.

그녀를 어떻게 해보고 싶은 욕망이 들은 것은 아니다. 다만, 그녀와 손을 잡고 걸으며 함께 이야기를 나누고 싶은 그런 소소한 욕심이 들었을 뿐이다.

지금은 때가 아니라고 스스로를 다그쳐 보기도 했다. 하지만 이번만큼은 그 욕심을 쉽게 가라앉힐 수가 없었다.

'좋은 방법이 없을까?'

결국 이리저리 머리를 굴리던 윤우는 휴대폰을 꺼내 문자함을 열었다. 그리고 동생 예린의 번호를 선택한 다음 문자 작성 창을 띄웠다.

전혀 모르는 여자애랑 친해지려면 어떻게 해야 하지?

하지만 윤우는 발송 버튼을 누르지 않았다. 버튼에 엄지를 대고 한참동안이나 고민했다.

왠지 느낌상 별 도움이 되지 않을 것 같아서였다. 좋아하는 여자애가 있다는 소리가 부모님에게 들어가게 되면 일이 귀찮아질 게 분명하다.

부모님은 자신이 공부에 전념하고 있다고 생각하고 있다. 이성 문제가 끼어든다면 불필요한 걱정을 할 수도 있기 때문에, 윤우는 휴대폰 폴더를 닫았다.

"하아……."

절로 한숨이 나왔다. 다른 사람도 아니고 미래의 자신의 아내가 되어야 할 사람이다.

사람과 사람 사이의 관계는 한번 틀어지게 되면 회복이 어렵다. 그만큼 신중한 판단과 접근이 필요했다.

'아이들의 관점이 어떤지 제대로 알아야겠는데……'

문제는 윤우의 정신이 너무 성숙하다는 것에 있다. 어른의 방법으로 접근했다가는 그녀가 거부감을 느낄 수도 있다.

때문에 윤우는 도움이 필요했다.

가연과 동등한 입장에서 생각할 수 있는 누군가의 도움이 말이다.

'부회장 선배한테 부탁해 볼까?'

3학년 조민경 선배의 얼굴을 떠올려본 윤우는 고개를 가로 저었다.

'아냐, 학생회에선 이미지를 관리할 필요가 있어. 나중에 표를 끌어오기 위해선…… 그렇다면 성진이? 아니, 그놈은 입이 너무 가벼워. 뭘 하기도 전에 전교에 소문이 다 퍼지겠지.'

그렇게 한참동안 생각에 잠기던 윤우는 갑자기 등에서 화끈한 통증을 느끼곤 고개를 홱 돌렸다. 누군가 예고도 없이 등짝을 때린 것이다.

"뭐야?"

박성진이었다. 그가 얼굴을 슥 들이밀었다. 윤우는 반사적으로 몸을 뒤로 물렸다.

"아침부터 왜 퍼져 있어? 어디 아프냐?"

"잠깐 생각할 게 좀 있어서."

"무슨 생각을 그렇게? 내가 몇 번이나 이름을 불렀는데. 대답도 없이."

"몇 번이나 불렀다고?"

"뻥 안 까고 다섯 번은 불렀을 거다 아마."

이상함을 느낀 윤우가 고개를 돌려 벽시계를 바라보았다. 벌써 8시에 가까워지고 있었다. 7시에 등교를 했으니, 30분 넘게 생각에 잠긴 것이다.

윤우는 이게 좋은 현상이 아니라는 것을 금방 깨달았다. 연애는 대학교 가서 해도 늦지 않다는 말은 괜히 있는 것이 아니다. 이래서는 공부에 집중을 할 수가 없다.

기말고사까지는 앞으로 한 달이 채 남지 않았다. 이번에는 어떻게든 전교 1등 자리를 차지해야 했다.

"아프면 양호실 가고. 같이 가줘?"

"됐어."

"이야, 고맙다. 나도 사내 새끼랑 같이 양호실 가는 건 좀 그랬거든. 하하핫."

그렇게 대꾸한 성진은 윤우의 어깨를 툭툭 두드리더니 자신의 자리로 돌아갔다. 오늘 아침부터 기운이 넘쳐 보였다. 정말이지 미워할 수가 없는 친구다.

씁쓸히 웃은 윤우는 문제집을 덮고 기지개를 켰다.

그때 앞에 앉아 있던 슬아와 눈이 마주쳤지만, 그녀는 불쾌한 표정으로 고개를 돌려 버렸다.

'고양이 손이라도 빌리고 싶은 심정이지만…… 쟤는 안 되겠지?'

확실히 그랬다. 비웃음만 살 것이 분명하다.

윤우는 머리카락을 꽉 쥐었다. 모래사장에서 떨어트린 열쇠를 찾는 듯한 답답한 기분이었다.

그렇게 시간은 무의미하게 흘러갔다.

윤우가 정신을 차린 것은 2교시가 끝난 다음이었다. 마침 자신의 담당 과목 시간이라 교실에 남은 담임이 윤우를 따로 불러낸 것이다.

"서동훈 선생님이 너 찾으신다. 쉬는 시간이 얼마 남지 않긴 했는데, 지금 바로 교무실로 가 봐라."

"네."

뭔가 이상했다.

서동훈이라면 분명 국어 담당 선생인데, 자신을 찾을 이유가 없었기 때문이다.

'아니, 생각해 보면 없지는 않지…….'

저번 주 목요일 국어시간에 자그마한 사건이 하나 있었다. 서동훈 선생이 칠판에 한자를 적었는데, 윤우가 그것을 틀렸다고 지적했던 것이다.

윤우는 상훈고 졸업생이었다. 그랬기에 서동훈 선생이 소심하고 뒤끝 있는 사람이라는 것을 잘 안다.

'잠깐.'

불현듯, 윤우는 이틀 전에 제출했던 수행평가 과제를 떠올리고는 미간을 찌푸렸다.

'설마 과제로 트집 잡으려는 건가?'

그것은 무려 30점이 걸린 독서감상문 과제였다.

혹시나 했던 윤우는 더욱 속도를 내어 복도를 걷기 시작했다. 무슨 일인지 빨리 확인하고 싶었다. 30점이라면 등수가 몇 개는 바뀌고도 남을 점수였기 때문에 중요했다.

교무실에 도착해 안으로 들어간 윤우는 조용히 목례를 하고 서동훈 선생을 찾았다.

마침 그는 다리를 꼬고 삐딱하게 앉아 컴퓨터를 만지작거리고 있었다.

요즘 한창 잘 나가는 전략시뮬레이션 게임을 하고 있다. 해병들이 벌레들을 향해 열심히 총질을 하고 있다.

교무실에서 게임이라니, 윤우는 속으로 한숨을 내쉬었다.

'그 시간에 한자 공부나 한 글자라도 더 할 것이지.'

하지만 얼굴엔 미소를 띠우고 그에게 인사했다.

"선생님. 안녕하세요. 찾으셨다고 해서요."

"어, 왔냐? 거기 앉아서 잠깐만 기다려라."

분위기가 심상치 않았다.

잠시 후 자판에서 손을 뗀 그는 옆에 세워둔 당구봉을 들고 그것을 만지작거렸다. 마치 때리기라도 하겠다는 듯이.

"김윤우."

"네?"

"넌 공부도 잘 하고 똑똑해서 내가 참 좋아했는데 말이다. 저번 주엔 내가 틀린 한자도 바로잡아 주기도 했고."

하지만 말의 내용과는 다르게 서동훈의 인상이 서서히 굳어졌다.

"그런데 어떻게 이렇게 배신을 때릴 수가 있냐?"

"배신이요?"

"그래. 단도직입적으로 물으마. 너 수행평가 과제 베껴 왔지?"

윤우는 놀란 표정을 지어보였다.

하지만 성숙한 그의 내면은 침착했다. 그는 재빨리 머리를 굴려 상황을 파악하기 시작했다.

"베껴 오다뇨?"

"짜식이 말귀를 못 알아듣네. 너 수행평가 과제 인터넷에 떠다니는 거 긁어왔냐고 묻는 거잖아 지금!"

서동훈의 고함이 쩌렁쩌렁 울렸다. 몇몇 교사들의 시선이 이쪽을 향했다.

딩동— 딩동—

바로 그때 쉬는 시간의 끝을 알리는 종이 울렸다.

입을 씰룩거린 서동훈은 당구봉을 내려놓으며 꾸짖듯

말했다.

"일단 교실로 돌아가라. 어차피 이따 4교시에 너희 반 수업이니까 변명은 그때 들으마. 뭐, 네가 빵점을 받는 건 피할 수 없겠지만 말이야."

설마 했던 일이 일어나고야 말았다.

하지만 윤우는 별다른 대꾸 없이 목례를 하고 교무실을 나섰다.

서동훈은 자신에게 0점을 주려고 마음을 먹은 게 분명했다. 감상문의 수준이 지나치게 높아 이 기회에 트집을 잡으려는 것이다.

수준을 낮춰 쓴다고 했는데 뜻대로 되지 않은 것 같다.

어쩔 수 없는 일이다.

하지만 윤우는 그가 뜻대로 하게 내버려 둘 생각은 없었다. 적어도 교무실에서 게임이나 하는 선생에게 당하고 싶지는 않았다.

"뭐, 그렇게 나오신다면······."

복도를 걸으며 윤우는 여유롭게 웃었다.

"김윤우. 앞으로 나와라."

4교시가 시작되자마자 서동훈이 윤우를 불러내었다.

서동훈의 목소리는 평소와는 달리 험악했다. 공개적으로 망신을 당했으니 아이들 앞에서 공개적으로 망신을 주겠다는 속셈이었다.

하지만 윤우는 별일 아니라는 듯 태연히 교탁 앞으로 나갔다.

"그럼 얘기를 계속 해보자고."

아이들이 술렁였다.

도대체 무슨 일이야? 이렇게 속삭이는 아이들도 있었다.

윤우는 그들의 속삭임을 놓치지 않았다. 윤우에겐 무대와 관객이 필요했다. 그리고 그 조건이 모두 충족되었다. 급우들은 곧 자신의 편이 되어줄 것이다.

"저는 아까 말씀 드렸던 대로 베끼지 않았습니다. 제가 쓴 감상문이 맞습니다."

싹싹 빌 줄 알았는데, 예상 외로 강하게 나오자 서동훈은 인상을 찌푸렸다.

"아, 놔. 이 새끼 봐라. 너 정말 끝까지 발뺌할 거야? 솔직하게 좀 불라니까 겁나게 말 안 듣네 진짜. 내가 척보면 딱이에요, 딱. 너 같이 인터넷에서 글 베껴오면 딱 봐도 다 안다고."

"숙제 베꼈나봐."

"헐, 대박. 윤우가?"

모두가 믿기지 않는다는 반응이었다.

물론 그중 윤슬아는 제외다. 그녀는 흥미롭다는 듯 웃으며 팔짱을 끼고 상황을 살펴보고 있다.

"쟤 시험도 컨닝해서 점수 딴 거 아니야?"

슬아가 지나가듯 중얼거렸다. 그러자 교실 안이 더욱 시끄러워졌다.

"어떤 놈이 그래? 윤우가 공부를 얼마나 열심히 하는데. 매일 아침 제일 먼저 와서 문 여는 사람이 누구인지 몰라서 하는 말이냐?"

격분한 목소리. 윤우의 단짝친구 박성진이었다. 슬아는 풋 웃으며 흘려 넘겼다.

"아니 뭐, 그냥 그럴 수도 있다는 말이야. 왜 그렇게 예민해?"

"너, 진짜 뚫린 입이라고 말 함부로…….

"조용히 해라! 조용히!"

탕탕—

서동훈이 당구봉으로 교탁을 두드렸다. 날카로운 소리에 일순간 교실에 정적이 감돈다.

"다시 한 번 분명히 말씀드립니다. 그 과제는 제 머리로 써낸 게 맞습니다."

윤우는 정중하면서도 당당하게 말했다.

독서감상문은 윤우에게 정말 쉬운 과제였다. 그의 머릿

속에 있는 지식 중 아주 일부만 사용해도 쉽게 해결할 수 있는 것이었으니까.

과제를 완성한 윤우는, 그것을 검토하는 과정에서 이런 오해를 받을지도 모른다고 생각하긴 했었다.

아무리 봐도 고등학생이 썼다는 느낌이 들지 않았던 것이다. 각종 비평용어에서부터 낯선 개념까지 사용되어 한 편의 평론을 보는 듯한 과제가 완성되어 버린 것이다.

결국 윤우는 과제를 한 시간보다 더 많은 시간을 들여 고등학생이 쓸 수 있는 수준으로 내용을 고쳤다.

하지만 은연중의 전문가의 필체가 남았다. 그럴 수밖에 없었다. 애초에 윤우는 일반 사람들과는 문학적 감수성이 아예 다른 사람이었으니까.

게다가 과제를 평가하는 것은 윤우가 아니라 서동훈이었고, 애석하게도 그는 윤우에게 악감정을 품고 있었다.

"호오, 그래? 정말 네가 썼다고?"

"그렇습니다."

윤우는 진지하게 답했지만, 동훈이 그 말을 믿어줄 리가 없었다.

그는 당구봉으로 교탁을 강하게 후려쳤다.

탕—

"야, 지금 장난하냐? 전교에서 비문 하나 없고 오탈자 하나 없고 띄어쓰기까지 완벽한 놈은 너 혼자 뿐이라니까?

왜 인정을 안 해? 선생님이 그렇다면 그런 줄 알아야지!"

윤우는 속으로 혀를 찼지만, 서동훈의 입장도 어느 정도 이해는 되었다. 그 정도로 요즘 아이들의 문장력이 낮은 것은 사실이었다.

하지만 그래도 자신의 힘으로 썼다는 말엔 틀림이 없다. 윤우의 당당한 눈빛을 지켜 본 서동훈은 전략을 조금 바꾸었다.

"너 성적 유지하려고 힘든 거 다 안다. 쌤이 다 안다고. 1등 자리가 욕심이 나기도 하겠지. 그러니까 솔직하게 얘기해도 돼. 응? 압박감에 이기지 못해서 인터넷에 돌아다니는 거 베꼈다고."

"제가 생각하는 것을 그대로 썼어요. 선생님. 주제 넘는 말씀인지 모르겠지만, 잘 썼다고 무조건 베꼈다고 생각하시는 건 잘못됐다고 생각합니다."

"뭐?"

허를 찔린 서동훈은 할 말을 잃고 윤우를 멍하니 바라본다. 곧장 정신을 차리더니 당구봉으로 윤우를 가리키며 몰아붙인다.

"세상에, 일개 고등학생이 100년 전에 나온 SF소설을 읽고 감상문을 쓴다는 게 말이 돼? 아무리 자유 주제를 줬다지만 말이다. 이건 독서감상문이 아니라 말만 쉽게 바꿔 쓴 논문에 가깝다고. 고딩 주제에 어떻게 이런 감상문을 써?"

"고딩이라고 해서 쓸 수 없다는 법이라도 있나요?"

그렇게 반박한 윤우는 표정을 굳혔다. 이제 어설프게 고등학생 연기를 하지 않기로 했다.

이럴 때 필요한 건 진정한 전문지식이다.

쉬는 시간에 게임이나 하는 불량 교사를 혼내 줄 만한 전문가의 지식.

"저는 평소 과학소설에 관심을 많이 가지고 있었어요. 국내 처음 소개된 과학소설을 도서관에서 직접 찾아서 읽기도 했죠. 출간이 되지 않아 마이크로필름으로 겨우 보긴 했지만요."

"마이크로필름? 공상과학소설 따위를 보는데 무슨 마이크로필름씩이나……."

윤우는 빙긋 웃었다.

"하나 지적하고 넘어가야겠습니다. 쓰신 용어가 이상하네요. 공상과학소설? 잘못된 용업니다. 방금 전 SF라고 말씀하셨죠? 풀어서 얘기하면 사이언스 픽션."

잠시 말을 끊은 윤우는 돌아서 분필을 들었다.

익숙한 느낌이다. 문득 첫 강단에 섰던 그때가 떠올랐다.

그렇게 윤우는 칠판에 영어로 'Science Fiction'이라고 적었다.

"간단한 논리입니다. 보세요. 이 영어 표현에 공상이라는 단어가 끼어들 틈은 없지요."

"오오……."

낮은 감탄사가 아이들 쪽에서 흘러 나왔다. 당연히 윤우
의 턴은 아직 끝나지 않았다.

이번엔 칠판에 한글로 공상과학소설이라는 단어를 적었
다. 그리고 '공상'에 동그라미를 치며 분필로 툭툭 건드렸다.

"사실 공상과학소설이라는 말은 일본에서 들어온 장르
명칭입니다. 60년대 일본에서 우리나라로 과학소설이 활
발하게 번역되었는데, 그때 일본식 장르명칭인 공상과학
소설도 함께 들어왔지요. 하지만 원래 우리나라에서는 그
런 용어를 쓰지 않았습니다."

윤우는 몸을 돌렸다. 그리고 급우들을 둘러보며, 흡사
강의를 하듯 설명을 하기 시작했다.

"일례로, 우리나라 초기 과학소설인 김교제의 '비행선'
엔 과학소설이라는 장르명칭이 붙어 있습니다. 1912년 작
품이니 원래는 과학소설이라는 장르명칭이 보편적으로 사
용되었음을 알 수 있지요."

윤우는 박성진 쪽으로 시선을 돌렸다. 그리고 살짝 왼쪽
눈을 윙크했다. 고개를 갸웃한 그는 이내 재미있다는 듯
씨익 웃는다. 윤우의 의도를 눈치챈 것이다.

윤우가 몸을 돌렸다. 그리고 서동훈을 노려보며 계속 설
명을 이어갔다.

"즉, 선생님은 공상과학소설이라는 명칭을 무비판적으로 쓰고 계신 겁니다. 잘 생각해 보면 답이 나오지 않나요? 공상과 과학은 애초에 한 단어로 묶기에 썩 어울리지 않는 단어예요. 서로 반대되는 속성을 가지고 있으니까요."

"너 지금 무슨 말을……."

"저는 지금 증명을 하고 있는 겁니다. 그 독서감상문을 인터넷에서 베껴 쓰지 않았다는 것을요. 제가 그 감상문을 쓸 자격이 있는지 없는지를 보여드리려는 겁니다."

서동훈은 말문이 턱 막혔다.

성질 같아서는 그냥 입을 다물게 하고 싶었다. 하지만 여기에서 윤우를 저지하는 것은, 여러 학생들 앞에서 자신이 억울한 누명을 씌우고 있는 것밖에 되지 않는다.

그리고 그것은 윤우가 노리고 있는 것이기도 했다.

애초에 윤우는 변명의 무대가 교실이 된 것을 행운이라고 여겼다.

서동훈은 아이들에게 평판이 좋지 않은 교사였다. 합리적이고 당연한 설명을 한다면 급우들이 호응해 줄 거라 생각한 것이다.

그리고 그 선봉장은 당연히 박성진이다.

"김윤우 쌤! 질문 있슴다."

성진이 손을 들며 짓궂게 물어왔다. 졸지에 선생님 소리를 들은 윤우는 웃으며 그 질문을 받는다.

"도대체 어떤 감상문을 쓴 겁니까?"

"박용희의 '해저여행'을 읽고 감상문을 썼습니다."

"처음 들어보네요."

윤우는 고개를 끄덕이며 교실을 천천히 거닐었다. 흡사 교수가 긴 설명을 이어갈 때처럼.

"그럴 만도 해요. '해저여행'은 1907년에 잡지에 연재된 소설이거든요. 저도 어렵게 도서관에서 마이크로필름으로 봤습니다. 그런데 알고 보면 친숙한 작품이죠. 쥘 베른의 '해저 2만리' 다들 알죠? 우리 학교 필독서로도 지정이 되어 있는 과학소설이지요. 그 소설을 번역한 겁니다. 그래서 저는 '해저여행'과 '해저 2만리'가 어느 부분에서 어떻게 다른지를 감상문에서 집중적으로 다루었지요."

윤우는 다시 몸을 돌려 서동훈을 주목했다.

"선생님은 읽어보신 적 있나요?"

"'해저 2만리' 정도는……."

윤우는 웃었다.

"그거 말고, '해저여행'이요."

서동훈은 입을 꾹 다물었다. 윤우는 서동훈의 얼굴을 뚫어져라 바라봤다.

봤을 리가 있나? 전공자들도 볼 기회가 없는 작품인데.

본격적인 연구는 2000년이 지나야 시작되었고, 수용관계가 제대로 밝혀진 것도 2008년이었지.'

윤우는 슬슬 일방적인 싸움의 종지부를 찍기로 했다.

"선생님. 저는 우리 학교 필독서이기도 한 '해저 2만리'와 같이 묶어 '해저여행'을 감상했어요. 굳이 덧붙이자면 비교문학적인 방법으로요. 선생님께서 안 보셔서 잘 모르겠지만, '해저여행'을 보면 바닷물의 성분이나 바다생물에 대한 설명이 나오기도 합니다. 굉장히 교육적이죠. '해저 2만리'가 청소년 필독도서인 것도 같은 맥락이 아닌가요?"

"……"

윤우는 칠판 받침대에 분필을 내려놓으며 덧붙였다.

"그런 내용을 감상문에 넣었습니다. 작품을 읽었고, 그 분야에 대해 조금이라도 관심을 가진 사람이라면 중학생이든 고등학생이든 누구나 쓸 수 있었을 거예요. 처음에 지적하셨던 잘 쓰고 못 쓰고의 문제가 아니란 말입니다. 관심의 문제였죠."

"……"

"어때요. 제 말이 틀렸습니까?"

서동훈은 인상을 구겼다.

그의 퇴보한 두뇌로 윤우를 이길 수는 없었다.

"베낀 거 아니네요!"

"윤우 완전 똑똑해. 멋있다!"

"박사네 박사!"

결국 급우들 사이에서 원성과 환호성이 동시에 들려왔다. 곧이어 교실이 소란스러워졌다. 인상을 찌푸린 서동훈은, 당구봉을 휘두르며 애꿎은 화풀이를 했다.

"시끄러! 조용히들 해!"

"선생님. 그럼 제대로 된 평가 부탁드립니다."

그렇게 말을 맺은 윤우는 꾸벅 인사를 하고 자리에 돌아와 앉았다. 성진은 씨익 웃더니 엄지를 치켜세웠고, 윤우도 웃으며 고개를 살짝 끄덕여 주었다.

한편 팔짱을 끼며 이 장면을 모두 지켜본 윤슬아는 의외라는 표정이었다.

'제법이잖아?'

그녀는 눈매를 좁히며 윤우를 바라보다가, 이내 고개를 홱 돌려버린다. 인정하고 싶지는 않았지만 지금 그가 보여준 명석함은 왠지 오래도록 기억에 남을 것 같았다.

아무튼 이 사건으로 인해 윤우는 수행평가에서 30점 만점을 받았다.

그리고 '김 박사'라는 별명도 덤으로 얻었다.

고등학생과는 어울리지 않는 별명이었지만, 워낙 전생에 귀에 익을 정도로 많이 들었던 말이라 윤우는 그 호칭이 싫지는 않았다.

국어 선생을 꼼짝도 못하게 한 그 사건 이후, 윤우의 주가는 폭등했다.

특히 변한 것은 같은 반 여자아이들의 시선이었다. 평소에 차분하고 말수가 적어 눈에 띄는 편은 아니었지만, 그 사건 이후로 지적이면서도 대담한 학생이 되어버린 것이다.

실제로 윤우도 그러한 시선을 느끼고 있었다.

쉬는 시간이나 방과 후가 되면 말을 걸어오는 여자아이들이 전보다 훨씬 늘었다. 공부를 물어보는 아이들은 남녀를 가리지 않았다.

윤우는 긍정적인 현상이라고 생각하고 관계를 만들어나가는 것에 신경을 썼다. 이성관계의 문제가 아니라, 나중에 학생회장에 출마했을 때 소중한 한 표가 될 것이니까.

남학생들은 공부보다는 함께 게임을 하지 않겠냐는 권유를 많이 했다. 전생에 게임을 즐기던 윤우였다. 지금은 공부 때문에 멀리하고는 있지만, 시간이 날 때마다 친구들과 게임방에 가서 시간을 보냈다.

이 모든 것이 윤우의 계획에 있던 내용이었다. 이제 때가 되면 학생회장 유명종에게 출마하고 싶다는 포부를 밝

힐 것이다. 그 때가 되면 준비해 둔 또 다른 계획을 실행해
야 한다.

"차렷, 선생님께 경례!"

"감사합니다!"

모든 수업이 끝나고 윤우가 가방을 챙길 때, 단발머리의
귀여운 여학생이 문제집을 품에 안은 채 조심스레 다가왔
다. 유나리였다.

"김 박사님."

윤우는 잠시 정리하던 손을 멈췄다.

"왜?"

"나 이 문제가 잘 이해가 안 되는데 좀 봐주면 안 돼? 답
지를 봐도 무슨 소리인지 모르겠어서."

"아, 그래."

윤우는 친절한 미소를 지으며 가방을 한쪽으로 밀었다.
그리고 펜을 들고 문제를 읽더니, 풀이 방법을 알려주었
다.

단순히 문제 풀이에서 끝나는 것이 아니었다. 애초에 풍
부한 문학적 식견을 가지고 있던 그였다. 작가 혹은 작품
에 얽혀 있는 재미있는 일화를 곁들여 흥미를 더했다.

지금도 그랬다. 윤우의 흥미로운 설명이 이어지자, 문제
를 물어보던 나리가 눈을 빛낸다.

"정말? 그런 일이 있었단 말이야?"

"그렇다니까. 당시에 이 작가가 좋아하던 기생이 있었는데, 끝내 마음을 받아주지 않았었거든. 그래서 이 작가가 쓴 작품에 등장하는 여성 인물들은 다들 성격에 모가 나 있지."

"신기해. 어떻게 그런 걸 알았어?"

대학원에서 10년만 구르면 다 알 수 있단다.

이게 정답이었지만, 윤우는 현재 고등학생이었다. 그렇게 얘기할 수는 없었다.

"조금만 관심을 가지면 돼. 시중에 나와 있는 책들 중에는 재미있는 것들이 많거든. 문학 강좌에서 강사들이 말해주는 경우도 많고."

궁금증을 해결한 유나리는 고개를 두어 번 주억거렸다..

"그렇구나. 아무튼 고마워! 매번 이렇게 도움만 받으니 미안하네. 다음에 맛있는 거 사 줄게."

그렇게 운을 뗀 유나리는 얼굴을 살짝 붉히며 주변을 둘러보더니 조심스레 말을 이었다.

"그래서 말인데 저기…… 이번 주 일요일에 시간 괜찮아?"

"일요일에?"

윤우는 깜짝 놀랐다. 이건 누가 봐도 명백한 데이트 신청이었기 때문이다.

"미안. 주말엔 아버지랑 등산 가기로 해서."

"아……."

유나리의 얼굴에 실망스러운 기색이 보이자 윤우가 순발력을 발휘했다.

"다음에 시간 되면 내가 얘기할게."

"응! 그래. 그럼 잘 가. 고마웠어."

"너도."

윤우는 가방을 들고 밖으로 나가려 했다. 하지만 뜻을 이루지 못했다. 그의 앞길을 박성진이 가로막았기 때문이다.

"아주 봄날이구만. 봄날이야. 나비들이 날갯짓을 하며 날아다니는군 그래."

"또 뭐가 불만이냐?"

"어째서 여자애들이 다들 너한테만 매달리냐고! 그때 멋지게 크로스를 올려 공격 포인트를 올린 건 나였는데!"

윤우는 피식 웃었다.

"거기에 대해서는 내가 충분히 답례를 했다고 생각하는데?"

확실히 그랬다. 서동훈 선생을 꼼짝 못하게 만든 그 날, 윤우는 게임방에 가서 성진이에게 컵라면과 햄버거, 그리고 콜라를 사 주었었다.

그때 생각이 났는지 성진은 입맛을 다시며 고개를 끄덕였다.

"뭐, 그건 그렇지. 그나저나 젬방 콜? 애들 먼저 가 있을 거다 아마."

"오늘은 안 돼. 들러야 할 곳이 있어서."

"또 학생회?"

"아니. 나중에 얘기해 줄게. 좀 바빠서. 그럼 난 간다."

"매정한 자식."

손을 들어 보인 윤우는 그대로 교실에서 빠져나왔다. 그렇게 학교를 나섰다.

오늘은 학생회 모임이 있지만 참석이 어려워 미리 학생회장에게 사정을 설명했다. 평소 부지런했던 윤우였기에 학생회장 유명종은 흔쾌히 허락했다.

불참 사유는 미루고 미뤄왔던 복싱 학원에 등록하기 위해서였다.

윤우는 그것이 공부만큼 중요하다고 생각했다. 기왕 다시 사는 인생인데, 중요한 순간에 자신을 지킬 수 없다면 아무런 소용이 없어지기 때문이다.

윤우는 집 근처에 있는 복싱 클럽에 방문했다. 이미 가격을 알고 갔기 때문에 바로 등록을 했다.

담당 코치는 20대 후반의 무척 젊은 사람이었다. 짧게 쳐 올린 머리카락 때문에 고집스러우면서도 강해 보였다.

"내 이름은 김철식이다. 잘 부탁해. 그나저나 너 부지런하다? 너처럼 어린 친구들은 보기가 좀 힘들거든. 다들 공부니 학원이니 붙들려 있으니."

"운동도 공부만큼 중요하니까요."

"그렇지, 바로 그거야. 마음에 드는데?"

"감사합니다. 잘 부탁드려요."

김 코치는 흡족하게 웃으며 윤우의 등을 툭 쳤다.

"나야말로. 일단 옷 갈아입고 이쪽으로 와."

윤우는 탈의실에 가서 운동복으로 갈아입고 밖으로 나왔다. 김 코치는 매서운 눈초리로 윤우의 전신을 훑기 시작했다.

"근육이 아예 없지는 않구나. 하던 운동 있었나?"

"아뇨. 특별히는."

김 코치는 윤우의 몸을 만지작거렸다. 팔 근육을 만지더니 다음엔 배와 허벅지를 체크했다.

"그래? 흠. 나쁘진 않네. 아무튼 모든 운동이 그렇지만 체력이 중요해. 복싱은 더더욱 그렇고. 그래서 당분간은 기초 체력을 올리는 데 주력할 거야."

그때 옆에 벽 쪽에서 땡 하는 벨소리가 들렸다. 마치 복싱 경기가 시작할 때 울리는 그런 소리였다.

윤우가 그쪽으로 고개를 돌리자 김 코치가 설명을 시작했다.

"그건 알림 벨이야. 3분에 한 번, 1분에 한 번 울리게끔 되어 있어. 3분 동안 운동을 하고 1분 쉬라는 의미야."

"그렇군요."

윤우는 다시 고개를 돌려 링을 바라보았다. 근육질의 청년 하나가 자세를 잡고 몸을 풀고 있었다.

"저는 언제쯤 링에 올라갈 수 있죠?"

"하핫, 짜식. 욕심은. 개인차가 좀 있어. 네가 어느 정도 따라와 주느냐에 따라 다르지. 자, 먼저 런닝머신부터 가볍게 해보자고."

윤우는 김 코치가 시키는 대로 했다. 체력에서만큼은 자신이 있었기 때문에 별 걱정은 하지 않았다.

전생이라면 조금만 뛰어도 주저앉았을 것이다. 하지만 회귀를 하게 되며 강인한 신체를 갖게 된 그였다. 30분을 꼬박 달려도 전혀 자치지 않았다.

덕분에 김 코치는 조금 놀란 기색이었다.

"안 힘드냐?"

"예. 오히려 몸이 가벼워지네요."

사실이었다. 윤우는 실제로 몸이 가뿐해져 뭐든지 할 수 있을 것 같았다.

코치가 의심스러운 눈으로 윤우를 바라보았다. 고개를 한 번 갸우뚱하더니 손에 들고 있던 줄넘기를 윤우에게 건넸다.

"5분 쉬었다가 줄넘기도 해 봐."

"예."

윤우는 종소리를 무시하고 20분 동안 쉬지 않고 줄넘기를 했다. 김 코치가 와서 그만 하라고 할 때야 줄넘기를 멈췄다.

"너 진짜 아무 운동도 안 한 거 맞아?"

"예. 체력에는 자신이 있거든요."

"희한한 친구네. 아무 운동도 안하고 이렇게 몸이 좋기가 쉽지는 않은데⋯⋯."

쉽지가 않은 게 아니라 불가능한 일이었다. 게다가 학생이라면 의자에 앉아서 생활하는 것이 습관이 되어 있어 대부분 체력이 약한 것이 정상이다.

하지만 눈앞의 소년은 런닝머신과 줄넘기를 그렇게 열심히 했는데도 전혀 지치는 기색이 없어 보였다. 땀은 흥건히 흘러 나왔지만, 오히려 생기가 더 넘쳐 보였다.

김 코치는 왠지 흥미를 느꼈다.

"흐음, 좋아! 그럼 이번엔 기본적인 스텝을 가르쳐 주도록 하지. 권투는 스텝이 기본이야. 잘 보고 따라해 보라고."

그렇게 말한 김 코치는 자세를 잡고 제자리에서 통통 뛰기 시작했다.

"뒤꿈치를 들고 가볍게 뛴다는 느낌으로 뛰어. 뛸 때 절대 앞발을 들면 안 돼. 뒤꿈치를 들고 뛰어야 하지. 안 그러면 무게중심이 뒤로 쏠려 자세가 흐트러지니까. 오케이?"

윤우는 김 코치의 다리를 유심히 관찰하며 그의 움직임을 머릿속에 생생히 새겨 넣었다.

"그리고 앞으로 뛰었다가 다시 뒤로 돌아온다. 자, 이렇게."

김 코치가 날렵하게 움직였다. 윤우는 그 간단한 동작에도 감탄사를 내뱉었다. 매번 TV로만 보다가 이렇게 실제로 보니 대단하게 느껴졌다.

"스텝을 하다 보면 다리에 힘이 생겨. 그러면 안정적으로 펀치를 할 수가 있지. 이 연습을 좀 하다가 잽을 넣는 것도 알려줄 테니까 일단 해봐."

"네. 감사합니다."

윤우는 김 코치가 했던 자세를 따라하며 제자리에서 뛰기 시작했다. 자세는 훨씬 엉성했지만, 그의 눈빛만큼은 김 코치에 뒤지지 않았다.

그렇게 윤우는 30분 동안 스텝 연습을 했다. 시계를 본 김 코치는 박수를 두어 번치고는 그만하라는 지시를 내렸다. 처음부터 무리할 필요는 없었다.

윤우는 샤워를 하고 나와 가방을 들었다.

"코치님. 이만 가겠습니다."

"그래. 폼도 나쁘지 않고 체력도 좋고. 앞으로가 기대되는구나. 부지런히 나와라. 알았지?"

"예."

"그런데……."

김 코치는 또다시 매서운 눈으로 윤우의 다리를 훑었다.

"다리 괜찮아?"

"멀쩡한데요?"

"이상하네. 처음 스텝 연습을 하면 다리에 좀 무리가 갈 텐데."

김 코치는 또다시 고개를 갸웃했지만, 이내 환하게 웃어 보이며 윤우의 어깨를 두드렸다.

"내일도 나오지? 이 시간대에 오면 내가 늘 있으니까 또 보자고."

"예. 안녕히 계세요."

윤우는 허리를 굽혀 예의바르게 인사한 뒤 밖으로 나왔 다.

신기한 경험을 했다.

코치의 말대로 그 정도로 운동을 했다면 다리가 풀리거 나 해야 했다. 하지만 윤우의 다리는 멀쩡했다. 걸을 때마 다 힘이 넘쳤다.

윤우는 앞으로 기대가 되었다. 자신이 어디까지 성장할 지 궁금했던 것이다.

'이러다 대회에 출전하게 되는 건 아니겠지?'

윤우는 실없이 웃었다. 저질 체력이었던 자신이 복싱이 라니. 왠지 아직도 실감이 잘 나지 않았던 것이다.

그렇게 윤우는 버스에 몸을 싣고 목적지로 향했다. 그의 목적지는 가연이 다니는 학원이었다. 아마 두 시간 뒤면 학원이 끝나고 그녀가 모습을 드러낼 것이다.

창밖을 바라보며 그녀의 얼굴을 떠올린 윤우는 절로 미소를 지었다. 그녀와 아직 이야기를 할 수는 없지만, 멀리서 지켜보는 것만으로도 위안이 되었다.

물론 윤우는 이대로 지켜보기만 할 생각은 없었다.

대학에 입학할 때까지 기다릴 생각도 없었다. 어떻게든 계획을 세워 그녀와 가까워질 것이다. 그리고 예전의 관계로 돌아갈 것이다.

'나라면 할 수 있어.'

그렇게 확신한 윤우는 하차 벨을 눌렀다.

NEO MODERN FANTASY STORY

뉴 라이프

NEW LIFE

Scene #5 제1호 장학생

Scene #5 제1호 장학생

어느덧 선선한 봄이 흘러가고 여름이 왔다.

해가 길어진 만큼 날씨가 더워졌다. 그래서 학생들의 교복도 춘추복에서 하복으로 바뀌었다. 문득 윤우는 시간이 빨리 흐르고 있음을 느꼈다.

잠시 멈춰선 윤우는 시선을 주변으로 돌렸다. 교정을 가로지르는 나무의 푸른빛이 저번보다 더욱 짙어진 것 같다. 햇살도 그만큼 따가웠다.

"벌써 여름이구나……."

그렇게 중얼거린 윤우는 소매로 이마에 맺힌 땀을 슬쩍 닦았다. 저 멀리 보이는 학교 정문을 향해 다시 발걸음을 옮겼다.

바뀐 것은 계절만이 아니었다.

윤우의 일상도 계절이 바뀐 것만큼 많이 변했다.

몸은 전보다 훨씬 단단해졌고, 복싱 기술도 흡수하듯 빠르게 익혀 이제는 링에 올라 연습을 할 정도가 되었다.

그러다보니 김 코치는 윤우에게 선수를 해볼 생각이 없냐고 진지하게 물어오기도 했다. 물론 분명한 목표가 있었던 윤우는 그 제안을 정중히 거절했다.

한숨을 내쉬며 실망을 하는 김 코치의 모습을 떠올리니 윤우는 피식 웃음을 흘렸다. 체격에 비해 참 순진한 사람이라는 생각이 들었던 것이다.

그리고 윤우는 주말마다 아버지와 등산을 갔다. 덕분에 조금 서먹했던 아버지와의 사이가 꽤 친밀해졌다. 그래서인지 아버지가 과음을 하는 날이 현저히 줄었다. 긍정적인 변화였다.

아직 변한 것이 없는 게 하나 있다면 가연과의 관계였다. 그녀와는 아직 말을 트지 못했다. 윤우는 삼 일에 한 번씩 가연을 보러 버스에 올랐지만, 말을 걸거나 하진 않았다.

그렇게 윤우가 지난날을 돌이켜보는 사이, 무언가 차가운 것이 뺨에 와 닿았다.

"앗."

"헤헤, 놀랐지?"

유나리였다. 오늘은 꽃 모양 헤어핀을 하고 있다. 귀여운 외모에 무척 잘 어울렸다.

그녀는 생긋 웃으며 손에 든 음료수를 흔들어 보였다. 그러더니 윤우의 손에 쥐어 주었다.

마침 목이 말랐던 윤우는 표정을 풀며 인사를 건넸다.

"아, 고마워."

"오늘 날씨 참 덥지?"

"그러게. 이제 완전히 여름인 느낌이야. 이제 기말고사도 끝났으니 여름방학만 오기를 기다려야겠네."

"그러게."

사실 방학은 윤우에게 암울한 시간이었다. 왜냐하면 시간강사였던 그는 강의가 없는 방학 때만 되면 백수가 되어야 했기 때문이다. 유일한 희망인 계절학기는 언제나 강의 전담교수들의 몫이었다.

하지만 지금은 다르다.

그는 45세 시간강사 김윤우가 아니라 고등학교 1학년 김윤우였으니까. 돈에 구애받지 않고 하고 싶은 걸 모든 할 수 있는 나이인 것이다.

"방학, 일주일 남았던가?"

"응. 맞아."

그렇게 두 사람은 교문으로 걷기 시작했다. 나리는 기분 좋은 일이라도 있는지 두 손을 등 뒤로 맞잡은 채 사뿐히 걷는다. 가끔씩 윤우의 옆모습을 힐끔거리면서.

"그런데 벌써 집에 가는 거야? 날씨도 좋은데 친구들하곤 안 놀아?"

윤우는 대답 대신 살짝 웃어 보였다. 긍정의 미소였다. 그 모습을 잠시 멍하니 보던 나리는 얼굴을 붉히더니 시선을 바닥으로 돌렸다.

"학생회는?"

"오늘은 패스. 집에 일찍 들어가 봐야 하거든."

"그렇구나."

잠시 침묵이 찾아왔고, 그렇게 두 사람은 교문을 나섰다.

돌아가는 길은 반대였다. 윤우는 왼쪽으로 돌아섰고 나리는 오른쪽으로 돌아섰다.

"잘 마실게."

윤우가 음료수를 흔들어 보이며 말했다. 나리는 어깨를 활짝 펴고 고개를 끄덕였다.

"전교 1등 기념 선물이야. 축하해."

윤우는 미소를 지었다.

나리의 말대로 오늘 기말고사 성적표가 나왔고, 윤우는 당당히 전교 1등을 차지했다.

"고마워."

"그럼 잘 가."

윤우도 손을 한 번 들어주고 몸을 돌렸다. 그리고 캔을 열어 음료수를 한 번에 쭉 들이켰다. 마음속까지 시원해지

122 NEW
LIFE 1

는 느낌이 들었다.

윤우는 기분이 좋았다.

목표를 세우고 하나 하나 성취해 나가는 쾌감이 대단했기 때문이다. 어른일 때는 하지 못했던 경험들이다. 윤우는 지금 이 순간을 충분히 즐기기로 마음을 정한 상태였다.

"다녀왔습니다."

윤우가 집으로 들어오자 부엌에서 채소를 다듬던 어머니가 앞치마에 손을 닦으며 현관으로 달려왔다.

"어서 와라. 정말 고생 많았다. 우리 아들!"

감격에 겨운 표정을 하며 윤우의 어머니는 아들을 꼬옥 안아주었다. 그리고 등을 다독였다. 윤우도 어머니의 등을 같이 다독여 주었다.

이미 윤우는 전화를 걸어 전교 1등을 차지했다는 사실을 가족들에게 알린 뒤였다.

"오빠, 전교 1등 축하해!"

뒤늦게 방에서 나온 예린이도 생긋 웃으며 오빠를 맞았다.

"고마워. 넌 어때? 너희 학교도 오늘 성적표 나오지 않았어?"

괜한 질문이었던 모양이다. 윤우의 질문에 예린은 어색한 웃음을 흘렸다.

"난 아무래도 공부랑은 인연이 없나봐."

윤우는 미소를 지었다. 확실히 전생에도 예린이는 공부를 잘 하지 못했다.

하지만 예린이는 회화(繪畵)에 뛰어난 재능이 있었다.

한 가지 안타까운 것은 그 재능을 뒤늦게 발견해 미대로 진학을 하지 못한 것. 윤우는 동생이 고등학교로 진학하기 전에 그 재능을 일깨워 줄 생각이었다.

윤우는 잘 알고 있었다. 향후 캐릭터 산업이 각광을 받을 것이라는 점을. 전세계적으로 돌풍을 일으킨 '뽀로뽀로' 가 등장한 것도 가까운 미래의 일이었다.

윤우는 자신이 성공하는 것도 중요하지만 자신의 주변 사람들이 함께 성공하는 삶을 꿈꿨다. 그래야 삶이 풍요로워지고 행복해진다는 것을 잘 알기 때문이었다.

잠시 생각을 접은 윤우가 동생에게 충고했다.

"공부도 좋지만, 네가 진정으로 하고 싶은 게 뭔지 찾는 것도 중요해. 그러니까 조급하게 생각하지 말고 주변을 좀 더 넓게 봐. 오빠가 도와줄 수 있는 데까지 도와줄 테니까."

"응! 고마워."

동생의 머리를 한 번 쓰다듬어준 윤우가 부엌 쪽을 기웃거렸다.

"오늘도 고기 파티인가요?"

"그래야지. 오늘은 특별히 소고기란다."

"소고기요? 우와. 이거 소고기를 봐서라도 다음에도 1등 해야겠는데요?"

윤우의 농담에 어머니는 인자하게 웃었다.

"다음에 또 1등을 하면 외식을 하자꾸나. 근사한 데에 가서."

"아녜요. 전 집이 편한 걸요. 식당에 가면 괜히 돈 낭비에요. 맛도 별로 없고."

어머니는 윤우의 뺨을 어루만져 주었다.

그녀도 잘 알고 있었다. 윤우가 가정 형편을 생각해서 그런 말을 했다는 것을 말이다. 아들이 좀 갑작스럽게 변하긴 했지만, 철이 든 것 같아 대견스러웠다.

"녀석도 참. 자, 어서 옷 갈아입고 씻고 오렴. 엄마가 맛있게 구워 놓을 테니까."

"예. 그런데 아버지는 아직 안 오셨어요?"

"오늘 좀 늦으실 거라고 연락이 왔네. 그러니 우리끼리 먼저 먹자꾸나."

"알았어요."

방으로 돌아온 윤우는 가방을 열어 성적표를 꺼냈다. 그리고 흡족하게 웃으며 그것을 읽어 나갔다.

평균 99.7.

라이벌이었던 윤슬아와는 무려 평균이 2점 이상 차이가 나는 큰 성과였다.

중간고사 때 0.1점 차이가 났으므로, 1학기 종합 전교 1등도 윤우의 차지가 되었다. 성적 공고문을 보고 분노한 윤슬아의 모습이 아직도 두 눈에 선했다.

'이제 내신은 이정도로만 유지하면 되겠어.'

윤우는 연습장을 꺼냈다. 앞으로의 목표가 적혀 있는 그 연습장이었다. 접힌 부분을 펼치고 펜을 들었다.

– 1학기 기말고사 전교 1등

윤우는 달성한 목표에 가로로 줄을 쫙 그었다.

그리고 시선을 내려 다음 목표를 확인했다.

– 가연과 친해지기

그것을 눈으로 확인한 윤우는 다시 성적표를 집어 들었다. 순간 그의 얼굴에 확신이 어렸다.

'이거라면 확실해.'

가연과 가까워질 방법을 찾은 것은 꽤 오래전이었다. 하지만 실행에 옮기지 않은 것은 이 성적표가 필요했기 때문이었다. 전체 학년 석차 1등이 적힌 성적표가 말이다.

윤우의 계획대로라면 이 성적표가 가연과 가까워지게

되는 계기를 마련해 줄 것이다.

"윤우야. 어서 안 나오고 뭐 하니?"

"지금 나갈게요."

윤우는 성적표를 가방에 넣었다. 그리고 옷을 편한 것으로 갈아입고 거실로 나갔다.

고기를 배불리 먹은 윤우는 외출복으로 바꿔 입고 밖으로 나왔다. 목적지는 가연이 다니는 학원이었다.

명성학원.

윤우의 집에서 버스로 약 10분 거리에 있는 그 학원은 규모가 굉장히 컸다. 별관 빌딩만 해도 세 개였고, 특목고 및 주요 대학 진학률이 이 근방에서 제일 높기로 유명한 곳이었다.

그래서 그런지 강습료가 다른 곳에 비해서 조금 높은 편이었다. 넉넉지 않은 형편이었던 윤우는 등록하기가 조금 부담스러운 곳이었다.

무엇보다도 돈을 내고 학원에 다니는 건 아깝다고 생각하는 그였다. 그는 학원의 도움을 받지 않아도 전교 1등을 차지할 수 있다는 걸 실제로 입증해 보이기도 했다.

'오늘은 가연이가 학원에 나오지 않는 날이었지?'

윤우는 당당히 본관 정문으로 들어가 상담 데스크를 찾았다.

"무슨 일이니?"

젊은 여직원이 친절한 목소리로 물어왔다. 윤우는 여기에 온 목적을 밝혔다.

"종합반에 등록하고 싶어서 왔는데요."

"그렇구나. 부모님은?"

"바쁘셔서 저 혼자 왔어요."

자리에서 일어선 여직원은 상담실로 들어오라고 말했다. 하지만 윤우는 들어가지 않고 그 자리에서 이렇게 말했다.

"원장 선생님을 좀 뵙고 싶은데, 괜찮을까요?"

"원장 선생님을? 미안한데 원장 선생님은 강의 중이라 바쁘셔. 내가 대신 상담해 줄게."

그렇게 대꾸한 여직원은 미소를 지었다.

하지만 윤우는 그것이 잘 훈련된 미소라는 것을 대번에 알았다. 아무래도 원장을 만나기가 쉽지는 않을 것 같았다.

어쩔 수 없이 윤우가 성적표를 꺼내려고 할 때, 마침 복도 맞은편에서 한 무리의 남학생들이 떠들며 이쪽으로 다가왔다.

"어? 김 박사 아니야?"

아는 얼굴이었다. 같은 반 친구인 진혁수였다.

"혁수 너도 이 학원 다녀?"

"좀 됐지. 그런데 김 박사 너도 등록하려고?"

"아직 확실히 정한 건 없어. 원장 선생님하고 상담을 좀
받아보고 싶어서 왔는데, 뵙기가 좀 힘들 것 같네……."

윤우는 의도적으로 아쉬움을 담아 말했다. 여직원을 힐
끔 보면서 말이다.

"왜? 조금만 기다리면 원장 선생님 강의 끝날 텐데. 상
담 쌤, 얘 우리학교 전교 1등이에요. 공부만 잘하는 게 아
니라 상식도 엄청나고. 아무튼 놓치면 후회할걸요?"

"어머, 그래?"

윤우는 여직원을 바라보며 싱긋 미소를 지었다. 순간 여
직원의 얼굴에서 고민의 흔적이 말끔히 사라졌다.

"진작 얘기하지. 이쪽으로 와. 원장 선생님을 뵈려면 좀
기다려야 할 거야. 지금 특강 중이시거든."

"예. 알겠습니다."

윤우는 2층으로 올라가 특별 상담실에서 원장이 오기만
을 기다렸다. 여직원은 잠시 후 시원한 음료수와 과자를
들고 다시 들어와 그것을 윤우에게 건넸다.

안락한 소파에 몸을 기댄 윤우는 왠지 웃음이 나왔다.
전교 1등이 아니었더라면 음료수는 마실 수 있어도 이렇게
편한 소파에 앉지는 못했을 것이다.

그렇게 30분이 지나고 밖에서 인기척이 들렸다. 이어 문이 열리고 중년 사내가 안으로 들어왔다.

훤칠한 키에 잘생긴 외모. 호감이 가는 웃음을 지닌 사내였다.

"김윤우 학생이라고? 반갑다. 내 이름은 이재환이야. 이 학원의 원장이고 수학을 맡고 있지."

그는 자리에 앉자마자 마치 오래 봐 온 사이처럼 친근하게 말을 걸어왔다. 과연 스타 강사는 아무나 하는 게 아니라는 실감이 날 정도였다.

"안녕하세요. 원장님."

"그래. 민지 씨에게 듣기론 학원 등록 때문에 왔다고 하는데, 나랑 만나고 싶었다고? 드문 일이네. 학부모가 상담을 청한 것도 아니고."

"원장님께 제안드릴 게 하나 있어서요."

"제안? 흠, 흥미로운데. 학생이 사업상의 제안을 하러 온 건 아닐 테고."

재환은 농담조로 말하며 웃었다. 그러자 윤우도 가벼이 웃었다.

"사업이 될 수도 있고 아닐 수도 있죠. 학생이라고 사업하지 말라는 법은 없잖아요?"

팔짱을 끼며 윤우를 뚫어져라 쳐다보던 재환은 이내 큰소리로 웃었다.

"하하하! 윤우 학생 참 마음에 드네. 똑똑한 것 같아. 민지 씨에게 듣기로는 상훈고 전교 1등이라던데. 다른 친구들하고는 좀 느낌이 달라."

그 말에 윤우는 하려던 말을 잠시 멈췄다.

문득 어른의 눈에 자신이 어떻게 비춰지는지 궁금했던 것이다. 스스로를 객관적으로 평가할 수 있는 것은 자신이 아닌 타인이니까.

"실례가 되지 않는다면 어떤 점이 다른지 여쭤 봐도 될까요?"

당돌한 윤우의 질문에 재환은 턱을 쓰다듬었다.

"으음, 뭐랄까…… 단편적인 느낌이긴 한데. 능동적이라고 해야 하나? 자기 주관이 강해 보여. 보통 공부를 잘하는 친구들은 의외로 자기 주관이 약하거든. 근데 윤우 학생은 탁 트인 느낌이야. 사고의 틀이."

거기까지 말한 재환은 무안한 미소를 지으며 고개를 가로 저었다.

"하하, 내 주관적인 느낌일 뿐이니 마음에 담아 두지는 마."

"칭찬으로 듣겠습니다."

"그래. 그럼 나야 고맙지. 자, 그럼 상훈고 1등인 윤우 학생이 준비한 제안을 좀 들어볼까?"

"사실 제안이긴 제안인데 대단한 건 아녜요. 그래봐야

고등학생의 머리에서 나오는 거라서요."

보통의 학생이었다면 즉시 용건을 꺼냈을 것이다.

하지만 윤우는 회귀하기 전까지 숱한 경험을 해왔다. 어떻게 처신해야 협상에서 유리한지를 잘 알고 있었다.

일단 윤우는 대답을 미루고 상담 여직원이 놓고 간 음료를 손에 쥐었다. 그리고 한 모금 들이키며 여유를 부렸다.

효과는 있었다.

그 모습을 흥미롭게 지켜보던 원장 이재환이 기다리다 못해 먼저 말문을 열었으니까.

"윤우 학생. 대단한지 그렇지 않은지는 듣는 사람이 판단하는 거야. 부담스럽게 생각하지 말고 얘기해 봐."

"예. 그럼……."

윤우는 가방을 열어 성적표를 꺼냈다. 그리고 자신의 학생증을 같이 포개 원장에게 건넸다.

"음? 이건 성적표잖아? 내가 윤우 학생이 전교 1등이라는 걸 못 믿는 것 같아서 주는 건가?"

"성적표는 거짓말을 하지 않잖아요?"

윤우의 유머에 재환이 소리 높여 웃었다.

"하하하! 윤우 학생, 정말 마음에 들어!"

"저도 이 학원이 마음에 들어요. 원장님도 유쾌한 분이라 좋고요."

다른 이유는 없다.

마음에 든 이유는 학원의 규모도, 강사진도 아니다.

다만 가연이가 이 학원에 다니고 있다는 사실 하나뿐이었다.

"그럼 바로 등록을 하면 되겠군 그래. 윤우 학생같이 우수한 친구들이 많아야 학원 분위기가 좋아지니까. 다른 친구들도 자극을 받아서 좋고."

"그래서 말인데요, 이건 제 제안이기도 한데…… 우수학생들에게 장학금을 주실 생각은 없으신가요?"

재환은 어느 정도 예상을 했다는 눈치였다.

"장학금? 학원비라면 걱정하지 마. 이미 윤우 학생처럼 우수한 학생들에겐 면제시켜 주고 있으니."

재환은 굳이 우수한 학생들이 얼마나 비즈니스적 가치가 있는지는 얘기하지 않았다. 눈앞의 윤우가 자신을 상품으로 생각한다고 오해할 수 있기 때문이다.

학원을 경영하는 재환의 입장에서 윤우는 VIP고객이었다.

고만고만한 학생이 백 명 있는 것보다 성적이 매우 뛰어난 학생 하나가 있는 것이 학원 경영에서는 훨씬 유리했다. 장기적인 관점에서 말이다.

윤우가 설명을 덧붙였다.

"학원비에서 끝나는 게 아니라 이 학원의 이름을 걸고주는 장학금 말이에요. 학원비 이상으로 주는 그런 장학금이요. 문제집 구입비나 여러 가지 용도로 쓸 수 있는."

잠시 상담실에 침묵이 돌았다.

침착하게 윤우를 바라보던 재환의 입가에 미소가 걸렸다. 윤우가 판단하기에 그것은 분명한 호기심이었다.

틈이 보였고, 윤우가 재빨리 치고 들어갔다.

"전 평소에 좀 이상하다고 생각했어요. 왜 아이들은 학원을 공부만 하는 곳으로 생각할까? 학교는 그렇지 않잖아요?"

윤우의 말에 재환은 고개를 끄덕였다.

"그렇지. 분명 그런 점이 있긴 하지."

"생각해보면 그건 소속감이 없기 때문인 것 같아요. 정당한 대가를 내고 다니는 곳이니 오히려 고객이 된 입장이 되는 거죠. 이리저리 옮겨 다니기도 하고."

잠시 말을 끊은 윤우는 똑바로 정면을 쳐다보았다. 그렇게 재환과 시선이 마주쳤다.

"하지만 오히려 학원에서 학원비를 대신 내주고 장학금까지 준다면?"

"그러니까, 윤우 학생의 말은 우수한 학생들의 충성심을 올리자는 말인가?"

윤우는 고개를 가로 저었다.

"사실 그 이상의 문제에요."

"이상?"

"쉽게 말해 명성이라는 이름을 각인시키는 거죠. 제가

보기에 명성학원은 계속 커 가고 있어요. 그렇다면 거쳐 가는 학생들도 점점 많아질 겁니다."

부정할 생각은 없어 재환은 고개를 끄덕였다. 앞으로 별관을 더 지을 것이고, 다른 구와 시에 지점도 세울 것이다. 지금처럼 학원이 성장한다면 말이다.

재환은 머리회전이 빠른 사람이었다.

"그러니까 요약하자면…… 명성이라는 브랜드를 만든다?"

"그렇죠."

고개를 끄덕인 윤우는 설명을 계속했다.

"우수한 학생들에게 명성이라는 소속감을 계속 가져갈 수 있게 해 준다면, 득이면 득이 됐지 실이 되진 않을 거예요. 원장 선생님은 경력이 많은 분이니 이 말이 무슨 뜻인지 잘 아실 겁니다."

윤우의 말대로 재환은 경력이 많았다. 그랬기에 이해한다는 듯 고개를 끄덕일 수 있었다.

학원을 거쳐 간 우수한 학생들은 입소문을 내줄 것이다. 나아가서 그 학생들이 나중에 커서 어른이 되면 누군가의 학부모가 될 것이다. 졸업한다고 해서 끝이 아닌 것이다.

그런 깨달음을 얻은 재환은 문득 궁금증이 들었다. 도대체 눈앞의 이 학생은 뭐하는 학생이란 말인가? 누구기에 이렇게 먼 곳까지 보고 생각할 수 있단 말인가?

그 대답을 얻기도 전에 윤우가 계속 설명을 이어갔다.

"그런데 공부를 잘하는 학생만 장학금을 주면 곤란해요. 가정 형편이 어렵거나 학구열이 높은 학생들에게도 장학금을 줘야 합니다. 안 그러면 장삿속이라는 비판에 시달릴 수도 있어요."

"확실히 학원 이미지 메이킹엔 좋을 것 같기도 한데…… 보도자료를 만들어 언론에 뿌리면 마케팅 효과도 있을 거고."

그렇게 말을 흐리며 재환은 머릿속으로 계산기를 두드려 보았다. 하지만 원하는 결과값이 나오진 않았다.

문제는 자금이었다.

공부를 잘하는 학생들은 극소수다. 그들에게 장학금을 주는 건 사실 크게 어렵지는 않다. 하지만 그 범위를 확대시키면 이야기는 달라진다.

예상대로 재환이 고민하는 기색을 보이자, 윤우가 웃으며 한 발 물러섰다.

"방금 말씀드린 건 원장님께서 선택하시면 되는 거구요. 일개 학생인 제가 경영 방침에 대해 이렇다 할 수는 없는 거니까요."

"좋은 생각이긴 하다만…… 근데 도대체 윤우 학생이 원하는 건 뭐야?"

윤우가 해맑게 웃으며 본론을 꺼냈다.

"저야 이 학원에서 공부하는 걸 원하죠. 장학생으로."

"이유를 물어도 되나?"

이유는 당연히 가연 때문이었다.

하지만 이 자리에서 사실대로 이야기할 필요는 없었다.
대신 윤우는 미리 준비한 시나리오를 꺼냈다.

"집에서 가깝기도 하고… 아무래도 기가스터디까지 가
기에는 좀 멀어서요."

윤우는 고의적으로 경쟁 학원 이야기를 흘렸다. '기가
스터디'라는 이름이 나오자 예상대로 재환의 미소가 조금
흐릿해졌다.

"기가스터디에서 제의를 받았어?"

"예: 받은 지는 좀 됐어요. 강의료를 면제해 주겠다고
하더라고요."

사실 없는 이야기였다.

하지만 남이 듣기엔 믿음직한 이야기였다. 윤우는 누가
봐도 우수한 학생이었으니까.

"흐음……."

오랜 경력을 가진 재환은 고민에 빠졌다. 오늘 처음 본
학생이 공부 얘기가 아니라 사업 얘기를 줄줄 늘어놓고 있
다. 현실성이 있는 얘기로 말이다.

재환의 고민이 길어지자 윤우는 요리를 완성하기 위해
마지막 향신료를 가미했다.

"몇 가지 제안이 더 있긴 하지만, 그건 제가 학원에 다니면서 원장님하고 좀 가까워 진 다음에 말씀을 드릴게요."

"더 있다고?"

"네. 예를 들면 인터넷으로 강의를 하는 것들이요."

재환은 모르지만 윤우는 알고 있었다. 2000년대 초반부터 인터넷 강의가 붐을 일으키기 시작한다는 것을.

인터넷이라는 말에 이재환의 두 눈이 빛났다. 그것은 자신이 준비하고 있던 사업이기도 했다.

왠지 윤우를 놓쳐서는 안 된다는 직감이 들었다. 수십 년간 아이들을 가르쳐온 그였다. 그랬기에 그 직감을 무시할 수 없었다.

잠시 고민하던 그가 무릎을 탁 치며 시원하게 결단을 내렸다.

"좋아. 윤우 학생. 지금 바로 우리 학원에 등록을 해! 내가 윤우 학생을 우리 학원 1호 장학생으로 만들어 줄 테니까."

"감사합니다. 원장님."

"감사는 무슨? 오히려 윤우 학생이 우리 학원에 와준 게 고맙지. 자, 기념으로 악수나 한 번 할까?"

재환이 악수를 청하자 윤우는 자리에서 일어서서 공손히 손을 잡았다. 흡족한 미소가 재환의 얼굴에서 떠나지 않았다.

"아참, 중요한 걸 안 물어봤네. 윤우 학생은 지망 대학이 어디야? 학과는?"

"한국대학교 국문과입니다."

"역시…… 또래에 비해 말을 잘 한다 싶었더니 문학에 관심이 많았구나. 흠, 좋아. 그럼 2지망은?"

"2지망이요?"

잠시 말을 끊은 윤우는 자신 있게 웃어 보였다.

"그런 건 필요 없습니다."

오늘 학교를 마치면 여름방학이 시작된다. 그리고 명성학원 종합반에서 수업을 듣게 된다.

'어떻게 한다…….'

책상에 앉은 윤우는 창밖을 보며 상념에 잠겼다. 어떻게 가연에게 말을 걸까 하는 내용으로 말이다. 좋은 아이디어는 많았지만 어떤 게 가장 좋은지 고민하고 또 고민했다.

한편 교탁에서는 담임선생이 방학 동안의 주의사항과 전달사항을 이야기하고 있었다.

"그럼 전할 말은 이쯤 하고, 지금부터 2학기에 수고해 줄 임원을 뽑도록 하겠다. 반장, 부반장 앞으로."

임원이라는 말에 윤우가 생각을 접고 교탁을 주목했다.

윤우는 전교회장 자리를 노리고 있었지만, 그 전에 반장을 하는 것도 나쁘지 않다고 생각했다. 어찌되었든 생활기록부에 증거가 남으니 말이다.

"먼저 한 학기 동안 수고해 준 임원들에게 박수."

담임의 말에 윤우는 가볍게 박수를 쳤다. 앞에 나와 있던 반장과 부반장이 각각 소감을 말했다.

반장이 좀 길게 소감을 말했고, 다음으로는 부반장인 윤슬아 차례였다.

"부족한 부분이 있었지만…… 나름대로 최선을 다했다고 생각합니다. 감사합니다."

"수고했어!"

"힘내!"

박수 소리가 꽤 크게 나왔다.

아무래도 예쁘장한 외모에 도도한 매력이 있어 남학생들 사이에서 인기가 많던 그녀였다. 이 정도 반응은 당연한 것이다.

그때 윤우와 시선이 마주쳤지만, 슬아는 불쾌한 표정을 지으며 시선을 피했다. 1학기 전체 석차에서 밀렸던 여파가 아직까지 남아있는 모양이었다.

담임이 다시 교탁에 올라섰다.

"자, 그럼 2학기 반장과 부반장을 뽑도록 하자. 방법은 1학기와 같아. 추천으로 입후보하고 표결로 가린다. 물론 입후보 하고 싶은 사람이 있으면 해도 돼. 제일 많은 득표를 한 사람이 반장, 차순이 부반장이다. 다들 알았나?"

"네!"

그러자 앞에 앉아 있던 박성진이 뒤돌아보더니 씨익 미소를 지었다. 윤우는 굳이 자신이 손을 들고 입후보하지 않아도 되겠다고 생각했다.

아니나 다를까 성진이 손을 들고 힘차게 말했다.

"김 박사를 추천합니다!"

"저도요!"

"저도!"

흐뭇하게 웃은 담임이 안경을 고쳐 쓰며 성진에게 물었다.

"추천 이유는?"

"윤우는 매일 아침 일찍 나와서 공부를 할 정도로 부지런합니다. 다른 친구들에게 모범이 되는 녀석이라고 생각해요. 그러니 반장으로 딱입니다."

담임이 고개를 끄덕이자 반장이 분필을 들고 윤우의 이름을 크게 적었다. 앞쪽에 앉아 있던 유나리가 윤우를 향해 응원의 미소를 보낸다.

슬아의 반응은 어떨까.

문득 그것이 궁금했던 윤우는 슬아가 있는 곳으로 시선을 돌렸다. 그런데 의외로 그녀는 아무런 관심도 없다는 듯, 한옆에서 종이를 잘라 투표지를 만들고 있었다.

그때 남학생 하나가 손을 들고 말했다.

"윤슬아를 추천합니다. 슬아가 부반장으로 많은 일을 해줬으니 2학기에는 반장으로 더 많은 일을 해줄 수 있을 거라고 생각합니다."

"맞아요."

"저도 추천해요!"

이번에도 담임은 고개를 끄덕여 이름을 적게 했다. 슬아는 자신을 추천해 준 남학생을 향해 작은 미소를 지어 보였다.

한편 윤우는 팔짱을 끼며 주변 반응을 살펴보고 있다.

'이거 재미있겠는데?'

남학생들은 대다수 슬아를 뽑을 것이다. 그리고 반대로 여학생들은 자신을 뽑을 것이다.

기묘한 편가르기에 흥미를 느끼긴 했지만 윤우는 마음을 깨끗이 비웠다.

반장을 하든 부반장을 하든 크게 상관은 없다. 지금은 전교회장이라는 큰 그림을 그려야 할 때니까.

"그럼 윤우와 슬아는 나와서 한 마디씩 해라."

윤우는 지체 없이 자리에서 일어섰다.

전생에 윤우는 앞에 나가서 무언가를 말하는 걸 굉장히 꺼려했었다. 하지만 지금은 다르다. 강단에 서는 것이 자연스러운 사람이다.

윤우는 이 상황을 즐기기로 했다. 교탁에 서서 아이들을 쭉 둘러보더니 입을 열었다.

"저를 반장으로 뽑아주신다면, 이라는 뻔한 말은 하지 않겠습니다. 열심히 하겠습니다."

"멋있다!"

박성진이 추임새를 넣어 준 덕에 박수 소리가 생각보다 크게 나왔다.

다음은 윤슬아 차례였다.

사실 슬아는 기권할까도 생각했었다. 이미 윤우와의 경쟁에서 한 번 패배한 바가 있다. 이번에도 지면 어쩌지 하는 막연한 두려움이 들었던 것이다.

하지만 기권을 하는 것은 투표에서 지는 것보다 더욱 쪽팔린 일이다.

그래서 그녀는 교탁에 당당히 섰다.

"1학기엔 부반장으로서 하지 못한 일들이 많습니다. 아쉬웠는데 이런 기회가 다시 와서 기쁩니다. 뽑아주신다면 열심히 하겠습니다."

윤우의 소감을 의식한 담백한 멘트였다.

고개를 숙여 인사한 슬아는 교탁에서 내려왔다. 그리고 윤우와 나란히 섰다. 물론 두 사람은 정면만을 바라보았다.

"그럼 투표를 시작하자. 반장. 용지를 나눠주도록."

"예."

잠시 후 모든 투표가 끝나고 개표가 시작되었다. 반장이 직접 종이를 펼쳐 호명을 했다.

"윤슬아."

첫 표는 슬아의 차지였다. 하지만 윤우는 그저 미소를 짓고만 있었다.

"윤슬아, 윤슬아, 윤슬아, 김윤우, 윤슬아, 윤슬아……."

개표를 지켜보던 성진과 나리의 표정이 어두워졌다. 생각보다 슬아의 표가 많이 나왔던 것이다.

"김윤우, 김윤우, 윤슬아, 기권표, 김윤우."

전세가 슬슬 바뀌기 시작했다.

중반 이후부터 윤우의 표가 많이 나오면서 10표 이상 앞서던 슬아를 바싹 뒤쫓기 시작한 것이다.

그리고 17대 18.

윤우가 17이고, 슬아가 18이다.

박빙의 승부였다. 처음에는 무신경하게 투표를 지켜보던 아이들도 이제는 반장의 입에서 누구의 이름이 나올지 주목하고 있다.

마침 반장은 쇼맨십을 아는 친구였다. 그는 씨익 웃더니 투표함에서 용지를 모두 꺼내 아이들에게 보여주었다.

"남은 표는 모두 네 장. 득표는 17대 18. 그럼 마지막 개표를 하겠습니다."

윤우는 여전히 여유가 넘쳤지만 슬아는 내심 긴장했다.

그것은 윤우와 절친한 박성진과 유나리도 마찬가지였다.

곧 반장이 개표를 시작했다.

"윤슬아."

차이가 더 벌어졌다.

17대 19.

남은 용지는 세 개.

"김윤우."

한 발 쫓아갔다.

18대 19.

남은 용지는 두 개.

"김윤우…… 그리고."

19대 19.

동점.

"헐, 대박."

"누가 이길까?"

"김 박사가 된다에 한 표."

"난 슬아한테 한 표."

주변이 술렁이기 시작했다.

그 때를 틈타 반장은 마지막 투표용지를 펼치더니 씨익 웃었다. 그리고 그것을 모든 아이들이 볼 수 있도록 뒤집었다.

거기엔…….

"김윤우!"

안타까운 탄성과 환호가 교차했다. 순간이지만 슬아의
표정이 일그러졌다. 또다시 윤우에게 패배한 것이다.

"김 박사 축하해!"

"말아먹지 말고 잘해라."

잠시 후 많은 친구들이 박수를 치며 윤우를 축하해 주었
다. 성진은 윤우를 향해 주먹을 불끈 쥐어보였고, 윤우는
웃으며 고개를 끄덕였다.

그때 잠시 담임이 끼어들었다.

"그럼 2학기 반장과 부반장의 소감을 들어보도록 하
자."

윤우는 다시 교탁에 올라 소감을 말했다. 그것은 패자인
슬아도 마찬가지였다.

두 사람 모두 특별한 소감은 없었다. 열심히 하겠다는
말 뿐이었다. 다만, 윤우는 소감을 말하고 내려오는 슬
아와 마주 섰다. 그리고 온화하게 웃으며 악수를 청했
다.

"한 학기 동안 잘 부탁해."

윤우는 진심을 담아 말했다. 그래서인지 슬아가 깜짝 놀
랐다. 전혀 생각지도 못한 행동이었기 때문이다.

사실 윤우로서는 당연한 행동이었다.

그는 패자가 있기 때문에 승자가 있다는 사실을 아는 사람이었다.

패자 위에 승자가 군림하는 사회는 아름답지 않다. 그것은 지난 생애의 큰 깨달음이기도 했다. 자신도 평생 패자로서 살아왔으니까.

윤우는 그것을 반복하고 싶지 않았다. 모두가 다함께 어울리고 즐길 수 있는 세상. 그것을 만드는 것은 불가능하지 않다고 생각했다.

모든 일이 그렇듯 작은 배려에서 시작하는 것이다. 지금처럼 말이다.

"……나도 잘 부탁해."

결국 슬아는 윤우의 악수를 받아들였다.

생각보다 그의 손은 따뜻했다.

방과 후, 윤우는 곧장 명성학원으로 향했다.

학교를 나서는 도중에 피시방 가서 한턱 쏴야 하는 거 아니냐며 박성진이 붙들었지만, 윤우는 그를 가볍게 따돌리고 교문을 나섰다.

'내가 좀 매정했나? 다음엔 콜라도 같이 사 줘야겠는데.'

소중한 친구와 함께 기쁨을 나눌 수 있어서 윤우는 진심으로 즐거웠다.

바로 그때, 누군가가 뒤에서 윤우를 불렀다.

윤우가 몸을 돌리니 이쪽으로 허겁지겁 뛰어오는 유나리의 모습이 보였다.

"윤우, 집에 가?"

"아니. 학원."

나리는 의외라는 듯 윤우를 바라본다.

"응? 너 학원도 다녔어?"

"오늘부터 다니기로 했어. 내신은 혼자서도 어떻게든 되지만 수능은 좀 다르잖아."

"우와, 윤우는 벌써부터 수능을 준비하는구나…… 그런데 어느 학원?"

"명성학원."

나리는 조금 섭섭한 표정을 지었지만, 이내 웃음을 되찾으며 윤우에게 말했다.

"반장 된 김에 시원한 거 얻어먹으려고 했는데 틀렸네. 그럼 공부 열심히 해. 나 먼저 갈게."

"그래. 조심해서 가."

손을 한 번 흔들어주고 몸을 돌린 윤우는 다시 버스정류장으로 향했다.

'학생회는 이제 금요일에만 참석하면 되는 거였지? 방

학이니까. 후우, 이제 한숨 돌릴 수 있겠다.'

마음의 여유를 되찾으며 버스를 타고 학원에 도착한 윤우는 로비에서 시간을 보냈다. 아직 수업 시작까지는 15분 이상이 남아 있었기 때문이다.

무엇보다도 가연보다 먼저 자리를 잡게 되면 그녀의 근처에 앉을 수 없을지도 모른다. 일단 가연이 학원으로 올라가는 것을 확인한 다음에 자신도 올라가 자리를 잡을 생각이었다.

"어, 윤우 학생. 여기서 뭐하고 있어? 올라가지 않고."

때마침 로비로 내려온 이재환이 말을 걸어왔다. 윤우는 예의 바르게 인사했다.

"잠시 뭐 좀 생각하고 있었어요."

"그럼 강의실에서 생각하지 그랬어?"

재환이 농담조로 말하자 윤우가 웃어 보였다.

"바람도 쐴 겸 해서요. 강의실은 뭔가 좀 답답해서."

"그래? 그럼 바람 잘 쐬고 이따 강의 시간에 보자꾸나."

"네."

원장은 다음 수업을 준비하기 위해 원장실로 올라갔다. 윤우는 로비에 놓인 소파에 앉아 입구를 유심히 살펴보았다.

잠시 후 윤우의 눈이 빛났다.

교복을 입은 가연이 친구로 보이는 여학생과 함께 학원 안으로 들어오고 있었던 것이다.

◆

"다녀왔습니다."

윤우가 문을 열고 집으로 들어오자 TV를 보고 있던 예린이 쪼르르 거실로 나왔다.

"어서와. 오빠. 저녁은?"

"먹었지."

"무슨 좋은 일이라도 있었어?"

윤우의 얼굴을 유심히 바라보던 예린이 물어왔다. 방으로 들어가려던 윤우는 싱겁게 웃었다.

"좋은 일은 무슨."

"얼굴에 웃음이 가득한데?"

"그래? 별일은 없는데, 아마 기분 탓이겠지."

그렇게 대꾸한 윤우는 방으로 들어갔다.

평소라면 가방을 내려놓고 옷을 갈아입었겠지만, 윤우는 옷을 갈아입기도 전에 침대에 앉아 휴대폰 폴더를 열었다.

'예린이 녀석. 예나 지금이나 감이 좋구나.'

윤우는 씨익 웃었다.

버튼을 조작해 전화번호부를 열었다. 놀랍게도 액정 화면엔 가연의 번호가 들어 있었다. 그것을 본 윤우의 미소가 더욱 짙어졌다.

'생각보다 일이 쉽게 풀렸어.'

어려웠던 것은 처음 말을 트기까지였다. 수업 도중 윤우가 실수로 펜을 가연 쪽으로 떨어트리지 않았다면 그녀와 안면을 익힐 기회가 늦어졌을 것이다.

'왜 그렇게 간단한 걸 생각하지 못했을까? 그냥 쉽게 접근하면 되는 거였는데.'

윤우는 피식 웃음을 터트리며 그때를 떠올려 보았다.

의자 아래에서 펜을 주운 가연이 웃으며 펜을 건네주었다. 드라마나 영화에서나 나올 법한 뻔한 장면이었지만, 그 효과는 대단했다.

'연애 이야기가 뻔한 건 다 이유가 있는 거야.'

윤우는 쉬는 시간에 그녀에게 고맙다는 말을 건네며 자연스럽게 대화를 시도했다. 그리고 늘 그렇듯 윤우가 대화의 주도권을 잡은 이후로 일은 일사천리로 진행되었다.

'나는 가연이의 모든 것을 알고 있으니까.'

어떤 연예인을 좋아하는지, 취미가 뭔지, 좋아하는 음식이나 음악이 뭔지. 좋아하는 과목과 싫어하는 과목이 무엇이었는지. 윤우는 가연의 모든 것을 기억하고 있었다.

그녀의 성격도 마찬가지였다. 가연은 상대방의 호의를 쉽게 거절하지 못하는 사람이었다. 오죽했으면 길거리에서 나눠주는 전단지도 거절 못하고 모두 받아 집에까지 챙겨올 정도였으니 말이다.

그런 점들을 잘 헤아려 접근하면 그녀도 쉽게 마음을 열 것이라 윤우는 생각했고, 준비했고, 기회를 잡아 실행에 옮겼다.

그 결과 윤우는 집으로 돌아갈 때 가연의 휴대폰 번호를 얻게 되었던 것이다.

'설마 이게 꿈은 아니겠지?'

윤우는 오른손으로 볼을 꼬집어보았다. 분명한 통증이 있었다. 실없이 웃은 그는 그대로 침대 위로 쓰러졌다.

날아갈 것 같은 기분이 들었다. 설레는 감정이 가장 컸다. 단지 전화번호를 땄을 뿐인데, 마치 아내와 처음 데이트를 하던 그날로 돌아간 것 같았다.

'왠지 새로운 기분이었어. 가연이의 어린 시절은 나도 직접 본 적이 없었으니까.'

상냥하게 웃는 여고생 가연의 모습을 떠올리며 흐뭇한 미소를 짓는 윤우.

그렇게 윤우는 누운 채로 한참이나 아내에 대해 생각했다. 그녀와 보냈던 소중한 날들을 회상해 보았다. 하나같이 눈부신 날들이었다.

그렇게 한참의 시간이 흘러갈 때, 갑자기 눈을 크게 뜬 윤우가 벌떡 몸을 일으켰다.

'잠깐. 잠깐만.'

환상에서 깨어난 그의 얼굴에 어두운 그림자가 드리워지기 시작했다.

'그 악마 같은 남자의 손에 이끌려 과거로 다시 돌아오기는 했는데, 과거의 일이 그대로 반복된다는 보장은 없잖아?'

윤우가 생각한 그대로였다.

전체적인 큰 사건은 그대로 반복되고 있었다. 지난 6월 13일 남북정상회담이 평양에서 개최되었고, 2002년 한일 월드컵도 유치가 확정된 상황이었다. 9월엔 시드니에서 올림픽이 열릴 예정이다.

하지만 미시적인 사건들은 연이어 변하고 있었다. 우선 윤우의 석차가 비약적으로 상승했다. 몸도 훨씬 좋아졌고 아이들에 대한 평가도 달라졌다. 가정환경도 화목한 방향으로 시시각각 변하고 있었다.

윤우의 생활과 밀접한 관계를 맺고 있는, 다시 말해 윤우의 의지가 개입할 수 있었던 사건들은 조금씩 변해온 것이다.

'그렇다면 가연이의 상황도 달라졌을지도 몰라. 아니, 과거가 바뀌지 않았더라고 해도 모르는 일이지. 혹시 알아? 이미 남자 친구가 있을지.'

그럴싸한 가설이 떠오르자 윤우는 미간을 찌푸렸다.

실증되지 않았을 뿐 충분히 가능성이 있는 얘기였다. 가연은 그만큼 예쁘고 성격이 좋은 사람이었으니까.

윤우가 직접 확인해 본 것은 아니지만, 그녀의 동창들은 가연이 어렸을 때 굉장히 인기가 많았었다고 했었다. 바꿔 말하면 그만큼 남자들이 달려들었다는 얘기다.

윤우는 다시 침대 위로 쓰러져 대자로 누웠다.

"하아……."

한숨이 절로 나왔다.

마음을 바로 잡으려 애를 썼다. 마음을 쓴다고 상황이 변한다거나 하지 않는다는 사실을 누구보다 잘 아니까.

하지만 이번만큼은 쉽지가 않았다.

아내의 남자가 되는 것은 한국대학교 교수가 되는 것만큼이나 중요한 일이었다. 그랬기에 그의 모든 신경이 가연에게 집중될 수밖에 없었다.

'한번 슬쩍 물어볼까? 아니 안 돼. 가연이가 부담감을 느낄 수도 있어.'

윤우는 초조해졌다. 그렇게 하지 않고서는 오늘 잠을 이룰 수 없을 것 같았다.

그러다 문득 대학생 시절이 생각났다.

'가만. 생각해보면 학부 때도 그랬지? 사귀는 사람 있냐고 물어보고 싶어서 잠 못 이룰 때가 있었어.'

조별 발표 때문에 그녀의 번호를 얻게 되었는데, 너무 마음에 들어 애인이 없는지 물어보고 싶었던 그때의 모습. 한 번 경험한 것을 되새기자 윤우는 조급한 마음을 가라앉힐 수 있었다.

아무것도 모르는 시절에도 윤우는 궁금증을 잘 참고 그녀와 가까워지는 것에 노력을 했다. 애인이 없냐고 물은 것은 한참 후의 일이었다.

결국 그러한 인내가 좋은 결과로 이어진 것이다.

'그래. 그땐 그랬었지. 아무것도 모르던 시절에도 잘 참아 냈었잖아? 지금은 달라. 조급하게 생각할 필요 전혀 없어.'

윤우는 여유로운 미소를 되찾았다.

다시 사는 인생이다.

옛날에 해냈는데 지금에 와서 못할 이유는 전혀 없다.

훌훌 털고 일어선 윤우는 갈아입을 옷을 챙겨 샤워실로 향했다. 잠시 후 시원한 물소리와 함께 윤우의 잡념이 말끔히 씻겨 내려가기 시작했다.

NEO MODERN FANTASY STORY

뉴 라이프

NEW LIFE

Scene #6 논문연구 계획

Scene #6 논문연구 계획

가연이 있는 학원이라고 해서 윤우의 태도가 달라지거나 하진 않았다.

오히려 학교에서 공부를 하는 것 이상으로 윤우는 집중력을 발휘했다. 공부에 대한 강한 집념이 있었기 때문이기도 하지만, 빈틈을 가연에게 보여주고 싶지 않았기 때문이다.

윤우는 잘 안다.

가연이 가장 좋아하는 사람은 잘생긴 사람도 아니고 돈도 많은 사람도 아닌 부지런한 사람이라는 것을. 마음속에 꿈을 품고 살아가는 사람이라는 것을.

그래서 그런지, 윤우를 보는 가연의 눈빛이 차츰 우호적으로 바뀌고 있는 중이다.

"들었어?"

음료수를 들고 앞자리에 앉은 가연의 친구가 물어왔다. 명찰엔 송연아라는 이름이 적혀 있다.

"응? 어떤 거?"

가연은 그녀가 건네는 음료수 캔을 받아들며 고개를 갸웃했다. 강의실이 무척 조용했기 때문에 연아는 가연의 귀에 가까이 대고 조용히 말했다.

"저 김윤우라는 애 있잖아. 우리 학원 1호 장학생이래. 학원도 공짜로 다니고 장학금도 따로 받나봐. 대단하지 않니?"

"정말?"

"그렇다니까? 아까 원장 쌤한테 직접 들은 거야. 상훈고 전교 1등이라던데? 게다가 별명은 김 박사래. 문학에 대한 지식이 굉장히 많은가봐. 상훈고 친구한테 들었어. 쟤가 웬만한 국어 선생님보다 낫다던데?"

연아의 말에 가연은 제법 놀란 눈치였다.

그럴 만도 했다. 알고 지낸 지 일주일이 지난 지금까지도 윤우가 그런 내색을 전혀 보이지 않았었으니까.

윤우와 가끔 이야기를 나눌 기회가 있긴 했다. 윤우가 먼저 말을 거는 때도 있었고 가연이 먼저 말을 거는 때도 있었다. 하지만 주된 화제는 연예인이나 음악 이야기 등 공부와는 전혀 거리가 먼 것이었다.

윤우는 가연에게 절대 성적 이야기를 하지 않았다. 혹여 잘난 척하는 모습으로 보일까봐 조심하고 또 조심했다. 그녀는 잘난 척 하는 사람을 제일 싫어했으니까.

작게 미소를 지은 가연이 음료수를 홀짝이며 말했다.

"왠지 그 이유를 알 것 같지 않아?"

"뭐를?"

"저렇게나 공부를 열심히 하는데 1등을 못하면 이상하잖아. 봐, 우리는 이렇게 음료수나 마시며 한가롭게 놀고 있는데 윤우는 쉬는 시간마다 공부하잖아."

"하긴, 것두 그렇다."

"그치?"

두 소녀가 웃음을 터트렸지만, 윤우는 그쪽으로 전혀 신경을 쓰지 않았다.

가연의 옆쪽에 앉긴 했다. 하지만 윤우는 전 시간에 배웠던 것을 머릿속에 집어넣는 것에 여념이 없었다. 복습이야말로 공부의 왕도라는 것이 윤우의 지론이었다.

곧 종소리가 울리고 문학 시간이 시작되었다. 돌아다니던 아이들이 황급히 돌아와 자리에 앉았다.

오늘 배울 부분을 체크한 윤우의 입가에 씁쓸한 미소가 맺혔다.

'민태원이라. 반가운 이름이군.'

윤우가 펼친 교재엔 민태원의 '청춘예찬'의 일부가 실려 있었다.

사실 윤우는 회귀 직전까지 민태원의 소설을 연구하고 있었다. 만약 회귀하지 않았더라면 지금쯤 논문을 완성해서 학회에서 발표를 하고 있었을 것이다.

특히 윤우는 민태원이 창작했던 '오색의 꼬리별'이라는 작품을 중점적으로 연구하고 있었다. 한국 최초의 순수창작 SF소설이라는 타이틀을 붙일 수도 있는 기념비적인 작품이었기에 윤우의 뇌리에 오래도록 남았다.

윤우가 교재를 가슴께로 가까이 끌어당겼다.

'아마 여기에도 잘못 적혀 있겠지?'

윤우는 교재 한쪽 구석에 있는 작가 이력을 확인했다. 역시나였다. 민태원의 생몰년도가 잘못 적혀 있다.

모든 인터넷 포털, 교과서는 물론 심지어는 백과사전까지 민태원의 사망년도를 1935년으로 기록하고 있는데, 이는 잘못되었다. 실제로 민태원이 사망한 연도는 1934년이다.

강단에 선 강사도 민태원의 이력을 설명하며 잘못된 사망년도를 말했지만, 윤우는 나서지 않고 가만히 있었다.

'여긴 학교가 아니야. 가연이 앞에서 잘난 척 하는 걸로 보이면 곤란하니 자중하자.'

그런 생각을 하며 윤우는 강사를 주시했다.

평소처럼 집중을 하지는 않았다. 딱히 강사가 설명해 주지 않아도 대부분의 개념은 알고 있었으니까. 복습한다 생각하고 마음 편히 수업을 들었다.

　필기를 하던 윤우가 갑자기 펜을 뚝 멈췄다. 회귀 전 연구했던 자료들이 머릿속에 펼쳐지기 시작했다.

　'가만, 이거 왠지 좋은 기회가 될 수도 있겠는데?'

　민태원에 대한 연구는 학계에서도 거의 진행되어 있지 않았다. 학자들의 관심이 먼 탓도 있지만 결정적으로 자료가 부족했기 때문이었다.

　그리고 회귀 전의 윤우는 그 부족한 자료의 일부를 발굴해 낸 학자였다.

　'오색의 꼬리별 원본 텍스트를 찾아낸 건 훨씬 뒤의 일이야. 가만. 이걸 고등학생인 내가 논문을 써서 학회에 발표하면 어떻게 되는 거지?'

　윤우의 입가에 미소가 걸렸다.

　분명 재미있는 일이 벌어질 것이다. 학교에서 유명인사가 되는 것은 물론 각 언론에서 취재를 나올 것이 분명하다.

　'하지만 문제가 있어. 논문을 내려면 학회의 회원이어야 하는데……'

　윤우는 주요 학회의 회칙을 기억해냈다. 대부분 정회원이 되려면 석사나 박사 학위가 필요했다. 고등학생이 저술을 내는 것은 사실상 불가능했다.

　하지만 윤우는 그 제도의 허점을 잘 알고 있는 사람이었다.

빠져나갈 구멍은 얼마든지 있었다.

곧 윤우는 연습장에 누군가의 이름을 적었다.

소진욱.

그러면 분명 자신을 도와줄 수 있을 거라 생각했다.

회심의 미소를 지은 윤우는 그 이름을 뚫어져라 쳐다보았다. 옆자리에서 가연이 자신을 흥미롭게 지켜보고 있다는 사실도 모른 채 말이다.

◆

"잘 가."

"응. 윤우도."

가볍게 손을 흔들어 주는 가연. 덕분에 윤우는 홀가분한 마음으로 학원을 빠져 나왔다. 가연의 옆에 있던 연아도 알은척을 해 준다.

일주일 전 가연과 처음 이야기를 할 때도 연아와 통성명을 했다. 연아는 결혼 후에도 종종 보던 친구였다. 친해져서 전혀 나쁠 것은 없었다.

윤우는 선생에 학원을 다녀본 적이 없었다. 이런 상황들이 하나하나 새롭고 신선했다.

'학원도 다닐 만한 곳이었구나. 가연이가 있으니 더더욱 그렇고.'

그런 생각을 하며 윤우는 버스정류장에 앉아 버스를 기다렸다.

시간이 좀 아깝다는 생각이 들어 연습장을 꺼내 필기를 훑어보았다. 잠시 후 윤우의 눈이 멈추었다. 거기엔 문학 시간에 적었던 누군가의 이름이 남아 있었다.

'소진욱 교수……'

그는 한국대학교 국문과 교수였다.

수많은 저서와 논문을 발표해 학계의 대표인사로 군림하고 있는 사람. 그의 저술한 책은 각 대학에서 교재로 사용하고 있을 정도로 파급력이 있다.

회귀 전 윤우도 학회에서 그와 몇 번 만나 이야기를 해본 적이 있었다. 소탈하면서도 학문에 대한 열정이 있었고, 무엇보다도 윤우의 연구를 긍정적으로 평가해 준 사람이기도 했다.

윤우는 기회가 닿는 대로 그와 접촉을 해보기로 결정했다.

이유는 간단했다. 학회에서 주축으로 활동하고 있는 그를 통해 특별기고 형식으로 논문을 게재할 생각이었던 것이다.

탁—

연습장을 닫으며 윤우가 진지한 눈빛을 보였다.

'학교에 내 이름을 좀 더 알릴 필요가 있어.'

165

단순한 공명심 때문에 논문을 쓸 결심을 한 것은 아니었다.

냉정히 판단해보면 아직 전교에 그를 모르는 학생들이 더 많았다. 학생회장에 출마하여 당선되기 위해서는 전교에 자신의 이름을 널리 알릴 필요가 있었던 것이다.

단독 출마라면 별다른 노력을 기울이지 않아도 당선이 확실하겠지만, 경쟁자가 출마할 가능성도 있기 때문에 대비를 철저히 해놓는 것이 중요했다.

'시간은 좀 걸리겠지만 해 볼 만한 일이야. 분명히.'

그렇게 확신한 윤우는 의자에서 일어섰다. 그리고 집으로 향하는 버스에 사뿐히 올라탔다.

집으로 돌아온 윤우는 옷을 갈아입고 곧장 부엌으로 나갔다. 오늘 식사당번은 윤우였지만 예린이 저녁상을 준비하고 있었다.

"김예린. 오늘은 오빠가 할 차례잖아?"

"응? 아냐. 오빠는 쉬고 있어. 하루 종일 공부하고 오느라 힘들었잖아."

윤우는 가슴이 뭉클해졌다. 누구와도 바꿀 수 없는 착한 동생. 왜 전생엔 신경을 써주지 못했을까? 이럴 때마다 조금씩 후회감이 드는 건 어쩔 수 없다.

"공부는 머리로 하는 건데 뭐가 힘들다고 그래?"

"그래도. 어서! 자, 착하지?"

가끔이긴 하지만 예린은 누나인 척 할 때가 있다. 경험 상 그럴 때는 져주는 게 상책이다. 동생이 삐치면 감당이 안 되기 때문이다.

"알았다. 알았다고."

멋쩍게 웃은 윤우는 떠밀리다시피 방으로 돌아와야 했다. 예린은 뭐가 그리도 기분이 좋은지 흥얼거리며 프라이 팬을 흔들고 있다.

저녁이 완성되려면 몇 분 더 기다려야 했다. 그 사이 윤 우는 다시 책상에 앉아 계획을 정리해 보았다. 물론 논문 계획이었다.

'일단 필요한 건 기초자료야. 그게 없으면 아무것도 할 수가 없으니까. 소장처는 기억하고 있으니 어렵지 않게 구 할 수 있을 거야.'

민태원의 '오색의 꼬리별'은 1930년 10월 28일부터 약 3년간 매일신보에 연재된 장편 소설이다. 매일신보는 비 교적 쉽게 구할 수 있는 자료니 걱정할 게 없었다.

'하지만 문제는 참고문헌이군.'

회귀 전 기준으로 논문을 완성하려면 대략 20여 편의 단행본과 논문이 필요했다.

그런데 학생 신분으로 이걸 다 모으는 것엔 여러 제약이 따른다. 돈도 돈이고 시간도 시간이지만 이용할 수 있는 매체의 수준이 완전히 다르다.

회귀 전에는 기술이 발달해 있어 모든 데이터를 컴퓨터로 조회할 수 있었지만 지금은 다르다. 인터넷으로 볼 수 있는 자료는 제한적이었다.

그나마 참고문헌의 제목을 다 기억하고 있는 것을 위안으로 삼아야 했다. 일단 윤우는 연습장에 참고문헌을 차례대로 정리했다.

'어째 장기 프로젝트로 가야 할 것 같은 느낌인데? 늦어도 2학년이 되기 전에는 초고를 완성해서 소진욱 교수에게 연락을 해 봐야겠어.'

윤우는 생각난 김에 컴퓨터를 켜고 한국대학교 홈페이지에 접속했다. 그리고 교수 정보를 띄워 소진욱 교수의 이메일을 연습장에 옮겨 적었다.

잠시 후 윤우의 연습장에 또 다른 목표가 채워졌다.

- 학술논문 발표하기

그 목표는 분명 학생이라는 자신의 사회적 지위와는 전혀 어울리지 않는 것이었다. 하지만 윤우는 충분히 해낼 수 있는 능력을 가지고 있었다.

그의 몸은 고등학교 1학년이지만 정신은 45세 김윤우였으니까.

'왠지 예감이 좋은데?'

연구에 필요한 몇 가지 문제들, 가령 연구비 등의 문제가 있긴 했지만 윤우는 마음이 설레는 것을 부정하지 않았다.

때마침 밖에서 예린이의 목소리가 들렸다. 윤우는 간단히 대답하고 책상을 정리한 뒤 거실로 나갔다. 먹음직스러운 저녁상이 윤우를 맞았다.

7월 28일 금요일.

윤우는 학생회 회의에 참가하기 위해 아침 일찍 일어나 등교했다. 학생회 활동도 엄연한 학업의 연장이었기 때문에 교복과 명찰을 준비해야 했다.

학생회실 앞에 선 윤우는 문을 오른쪽으로 당겼다. 하지만 열리지 않았다.

'역시 아무도 안 왔구나.'

어쩔 수 없이 윤우는 열쇠를 가지러 가기 위해 잠시 교무실에 들렀다.

"어, 윤우. 오늘 학생회 회의 있는 날인가?"

담임이었다. 윤우는 공손히 허리를 굽혀 인사했다.

"예. 열쇠 가지러 왔습니다."

"그래. 고생해라. 아참. 김윤우. 이쪽으로 좀 와 봐라."

담임이 손짓하며 윤우를 불렀다. 윤우가 가까이 오자 담임은 책상 위에 올려 있던 A4 사이즈의 팸플릿을 건넸다.

윤우는 즉시 팸플릿의 제목을 확인했다.

'거산 청소년 문학상?'

윤우도 익히 아는 문학상이었다. 학생이 참가할 수 있는 문학 관련 공모전 중 가장 규모가 큰 대회였으니까.

팔짱을 끼며 윤우의 반응을 살피던 담임이 웃으며 제안했다.

"생각 있으면 한번 해보는 건 어떠냐?"

"공모전에요?"

"그래. 넌 문학에 재능이 있잖아. 수상 경력이 있다면 나중에 대입에 도움이 될 수도 있고 말이다. 상금도 있고. 대상 수상하면 해외문학여행도 보내주더라."

확실히 솔깃할 만한 특전이었다.

윤우는 문학특기자로 입학할 생각은 없었지만, 운이 좋아 상을 탈 수 있다면 분명 나중에 조금이라도 도움이 될 것이다.

무엇보다도 윤우가 주목한 것은 상금이었다. 논문을 쓰기 위해서는 돈이 조금 필요했다. 해외에서 구해 와야 하는 자료도 있었고, 필요에 따라서는 책을 구매해야 했기 때문이다.

'명성학원에서 나오는 장학금이 있긴 하지만……'

그 장학금은 학업과 관련된 곳에 써야 한다. 그랬기에 만약 대상을 타서 상금을 받을 수 있다면 그걸로 연구비를 충분히 충당할 수 있을 것 같았다.

'어쩐다. 해 볼까?'

윤우는 늘 그렇듯 신중히 생각에 잠겼다.

지도교수의 주선으로 거산 청소년 문학상의 소설부문 예심을 본 기억을 떠올렸다. 윤우는 어떤 작품이 수상했는지도 어렵지 않게 기억해 낼 수 있었다.

하지만 실제 소설 내용은 잘 기억나지 않았다. 오히려 시 부문에서 수상한 작품이 생생하게 기억이 났다. 고등학생 치고 참 잘 썼다고 생각해 몇 번은 봤던 시였기 때문이다.

'대강 그런 분위기로 써서 낸다면 어떨까?'

운이 좀 따라줘야겠지만, 윤우는 좋은 결과가 나올 가능성이 충분하다고 생각했다.

윤우가 웃으며 말했다.

"시간이 있으면 한번 해보겠습니다. 요즘 학원 다니느라 조금 정신이 없거든요."

"그래? 아무튼 공모전 담당은 김유진 선생님이야. 참가할 생각이 있으면 김 선생님께 지도를 받도록 해."

그러자 두 칸 떨어진 자리에 앉아 있던 김유진 선생이 해맑게 웃으며 손을 흔들어 보였다. 윤우도 웃으며 고개를 숙여 인사를 했다.

그녀도 국어 담당이었다. 다른 국어 담당인 서동훈 선생과는 질적으로 다른 교사였다. 늘 열정이 넘쳤고, 학생들을 위해 수업을 하는 그런 사람이었다.

실제로 회귀 전 윤우의 기억에도 좋은 사람으로 각인되어 있었다. 몇몇 학생들을 지도해 문예 공모전에서 상을 타게 한 실력파이기도 했고.

안경을 슬쩍 내리고 윤우를 바라본 김 선생이 말했다.

"우리 김 박사님이라면 언제든 환영이지. 생각 있으면 꼭 얘기해. 선생님이 상 탈 수 있게 도와줄 테니까. 알았지?"

"네, 하게 되면 꼭 말씀 드릴게요."

그렇게 대화를 마무리 지은 윤우는 열쇠를 찾아 학생회실로 돌아와 문을 열었다.

오랜만에 문을 열어서인지 탁한 공기가 가득했다. 먼저 불을 켠 윤우는 부지런히 움직여 커튼을 걷고 창문을 열었다. 흐트러진 책상도 선에 맞게 정돈해 놓았다.

"아침부터 부지런하네?"

약간 비꼬는 듯한 목소리에 윤우가 옮기던 책상을 놓고 그쪽을 바라보았다.

역시나 윤슬아였다. 그런데 조금 이질적인 모습이다. 늘 포니테일을 하고 다녔는데 오늘은 머리를 풀고 온 것이다.

"오랜만이다. 잘 지냈어?"

"뭐, 그럭저럭."

냉기가 느껴질 정도로 단답형이다. 그녀를 물끄러미 바라보던 윤우는 다시 책상을 옮기기 시작했고, 슬아는 별로 도울 생각이 없는지 뒤쪽에 자리를 잡고 앉았다.

윤우가 지나가듯 말했다.

"머리, 풀고 다니는 게 훨씬 나아 보이는데?"

"뭐?"

"머리 푼 모습이 훨씬 나은 것 같다고."

"……."

대답은 없었다.

윤우는 아무 생각 없이 던진 말이라 크게 신경을 쓰지 않았다. 슬아는 입을 굳게 다문 채 칠판을 바라보기만 했다. 하지만 평소보다 볼이 살짝 붉어진 것 같기도 했다.

윤우는 책상을 마저 옮기고 자리에 앉았다. 그때 주머니에서 문자 수신음이 울렸다.

휴대폰을 꺼내 발신인을 확인했다. 아마 박성진일 것이고, 피시방으로 오라는 내용일 것이다. 오늘 학교에 나간다는 것을 알고 있으니까.

'오늘은 좀 바쁜데 어떻게 거절을 해야 할까…….'

그렇게 고민하던 윤우는 흠칫하더니 자신의 눈을 의심해야 했다.

"어?"

문자를 보낸 것은 성진이 아니라 가연이었다.

윤우는 멍하니 문자를 내려다보았다.

도저히 믿을 수 없는 내용이 적혀 있었다.

보고 싶어

분명히 그렇게 적혀 있다.

이상함을 느낀 윤우는 양쪽 눈을 비볐다. 그리고 다시 액정을 내려다보았다.

보고 싶어

이번엔 윤우는 휴대폰을 껐다가 다시 켠 다음 문자 창을 열었다.

여전히 글자는 변하지 않았다.

'뭐지?'

윤우는 스크롤을 내려 다시 발신자를 확인했다. 분명 가연이가 맞았다. 가영이도 아니고 기연이도 아닌 정가연이 맞다.

'도대체 왜?'

윤우는 당황했지만, 학자답게 차분히 상황을 정리하기 시작했다.

아무리 생각해도 가연이 이렇게 적극적으로 나설 이유는 없었다. 평소 사적인 이야기를 많이 나누는 사이도 아니었고, 학원에서 만날 때나 헤어질 때 인사를 하는 정도의 사이였다.

번호를 교환하긴 했어도 문자를 자주 주고받지는 않았다. 학원에 관한 일이나 뭔가를 물어볼 때를 제외하고는 가연과 문자를 주고받는 일은 없었다.

무엇보다도 가연이 문자를 먼저 보내오는 일은 거의 없었다. 그랬기에 윤우는 의심이 들기 시작했다.

"윤우. 뭘 그렇게 생각해?"

어느새 교실로 들어온 학생회장 유명종이 쾌활히 웃으며 물어왔다. 윤우는 어색하게 웃으며 그에게 인사했다.

"아, 아무것도 아녜요. 문자가 와서 확인하고 있었어요."

"무슨 문자인데? 그렇게 심각한 얼굴을 하고. 고백했는데 차이기라도 한 거냐?"

"설마요."

"하하, 농담이야. 네가 그렇게 풀이 죽어 있으면 회의가 활기차지 못해서 그래. 그러는 의미에서 오늘도 잘 부탁한다."

"예. 선배님."

만족스러운 표정을 지은 명종은 돌아서 교탁으로 움직였다.

다시 홀로 남은 윤우는 휴대폰으로 시선을 돌렸다. 회색 액정 너머로 '보고 싶어'라는 네 글자가 여전히 존재감을 드러내고 있다.

윤우는 다시 마음을 가라앉히고 곰곰이 생각에 잠겼다.

이윽고 그는 잠정적인 결론을 내렸다.

'연아 짓인가?'

심증이 없는 것은 아니었다.

실제로 연아는 대학생 시절 장난 문자를 보내 윤우를 당혹스럽게 한 적이 있었다. 물론 가연의 휴대폰을 몰래 뺏어서 말이다.

윤우는 조금 더 전생의 기억을 떠올려 보았다. 생각해 보니 그때와 상황이 비슷한 것 같았다.

확신을 가진 윤우는 답장을 눌러 메시지를 쓰기 시작했다. 윤우는 장난치지 말라는 뻔한 문장을 쓰다가, 이내 좋은 생각을 떠올리고는 삭제 버튼을 꾹 눌렀다.

그리고,

어디야?

그렇게 적고는 발송 버튼을 눌렀다.

조심성이 강한 윤우로서는 대담한 시도였다. 장난이든
아니든 어느 쪽이나 주효할 것이다.

물론 빠져나갈 구멍은 만들어 둔 상태였다. 혹여 나중에
가연이가 불쾌해한다면, 연아가 장난을 친 줄 알았다고 대
강 둘러대면 그만이니까.

'과연 어떤 답장이 올까?'

윤우는 휴대폰을 주머니에 넣으며 기대 어린 미소를 지
었다.

그리고 잠시 후, 유명종의 개회선언과 함께 학생회 정기
회의가 개최되었다.

◈

회의를 마친 윤우는 집으로 돌아가는 대신 학교 근방에
있는 카페로 향했다.

처음 와보는 곳이었지만 꽤 마음에 들었다. 살짝 어두운
조명 아래 놓인 엔틱 가구들이 중후한 멋을 내고 있었다.

물론 윤우의 정신이 성숙한 어른이라 느낄 수 있는 아름다움이었다.

카운터를 지나친 윤우는 주변을 둘러보았다. 원형 구조라 일행을 찾는 것은 어렵지 않았다. 제일 구석진 자리에 쿠션을 품에 안고 앉아 수다를 떨고 있는 두 여학생이 보였다.

윤우는 바로 그쪽으로 걸어갔다.

"아, 윤우야."

가연이 먼저 알아보고 말을 걸어왔다. 윤우는 자연스레 연아 옆에 앉았다.

가연의 옆에 앉지 않은 것은 윤우의 의도였다. 마음에 드는 사람과 가까워지려면 옆자리가 아닌 바로 맞은편 자리에 앉아야 한다는 사실을 잘 알고 있었기 때문이다.

눈을 마주치는 것은 정서적 교감에 굉장히 중요하다. 이는 이미 심리학적으로 증명된 것이다.

그랬기에 윤우는 가연의 눈을 똑바로 바라보았다. 웃으면서.

"언제부터 와 있었어?"

"음…… 한 시간쯤?"

가연의 대답에 윤우는 테이블을 훑어보았다. 확실히 두 소녀의 앞에 놓인 잔이 반 이상 비어 있었다.

"꽤 오래 있었네."

"그런가?"

그때 점원이 메뉴판을 갖다 주었고, 윤우는 메뉴판을 펼치며 이번엔 연아에게 따졌다.

"연아 넌 무슨 장난을 그렇게 심하게 치고 그래?"

이미 윤우는 연아가 했다는 사실을 알고 있었다. 이곳으로 오는 도중 가연이 사건의 전말을 밝혔기 때문이다.

"나 원래 이런 장난 좋아하거든. 미안, 혹시 화났어?"

"화가 난 건 아니지만……."

오히려 윤우는 칭찬해 주고 싶었다. 그녀의 장난이 아니었다면 이렇게 평일에 나와 따로 가연을 만날 기회는 없을 테니까.

"그래도 조금 당황스러웠다고."

"그럼 됐네, 뭘."

윤우는 가벼이 웃어 넘겼다. 그때 가연이 호기심 어린 눈으로 물어왔다.

"그런데 어떻게 장난이란 걸 알았니?"

윤우는 메뉴를 고르고, 점원에게 음료를 시킨 다음 웃으며 대답했다.

"간단해. 네가 나한테 그런 문자를 보낼 리가 없으니 당연히 다른 사람의 짓이라고 생각했지. 번호 바꿔서 장난치는 애들도 많잖아. 아무튼 의심을 하다 평소에 친하게 지내는 것 같아 보이는 연아 생각이 난 거야. 너희들, 왠지 단짝처럼 보여서."

추측하듯 말했지만 윤우는 두 사람이 단짝인 것을 안다. 전생의 기억이 있으니까.

윤우를 바라보는 연아의 눈이 반짝였다.

"제법이네. 김 박사라는 별명이 아깝지 않은데?"

"장난이 너무 눈에 뻔히 보였을 뿐이야."

"그래도."

가연은 사이좋게 주고받는 두 사람을 보며 살짝 웃었다. 이유를 알 수 없는 친근감이 윤우로부터 느껴졌다. 마치 오래전부터 알고 지낸 것 같은 그런 포근한 느낌.

가연은 그 느낌이 싫지만은 않았다. 그 마음을 담아 윤우에게 물었다.

"그런데 그 답장은 진심이었니?"

"어디야라고 한 거?"

"응."

"글쎄…… 반반?"

"반반? 애매한 대답이네."

윤우는 고개를 끄덕였다.

"장난인 걸 알긴 했지만, 혹시라도 장난이 아닐 수도 있었으니까. 친구가 보고 싶다는데 가 줘야지. 입장을 바꿔놓고 생각해 보면 이해하기 쉽지 않을까?"

"그렇구나."

윤우는 가연의 표정을 면밀히 살폈다.

뭔가를 골똘히 생각하더니, 이내 입가에 작은 미소가 맺힌다. 일이 잘 풀리고 있다는 증거였다. 윤우는 재빨리 대화의 주도권을 손에 쥐었다.

"그나저나 연아 넌 왜 그런 문자를 보낸 거야? 괜히 장난을 친 것 같지는 않은데."

"오오. 너 머리만 똑똑한 게 아니라 감도 좋구나?"

"모르는 건 찍을 수밖에 없잖아."

"찍다니. 윤우 넌 왠지 모르는 게 없어 보이는데?"

연아는 호감을 보이며 대답을 이어나갔다.

"공부 잘 하는 애랑 친해져서 나쁠 거 없잖아. 우리 엄마는 왜 내 주변엔 공부 잘하는 친구들이 없냐고 매번 구박하시거든. 아, 왠지 이런 말 하니까 서럽네. 아무튼 우리 둘만 놀기도 심심했고 마침 네 이야기가 나와서 문자 보내본 거야."

"내 이야기? 욕이라도 했어?"

윤우가 묻자 가연이 당황하며 손을 들었다.

"아, 아니. 그런 거 아냐."

윤우도 안다. 그녀가 뒤에서 남의 험담이나 할 사람이 아니라는 것을.

"그러니까 친목 도모를 위한 자리라는 건가."

윤우는 요점을 파악해 정확히 짚었다. 연아는 고개를 끄덕였다.

"그렇지. 학원에서는 서로 얘기할 기회도 별로 없잖아?"

"하긴."

그때 윤우가 주문한 음료가 나왔다. 윤우는 감사하다는 말을 종업원에게 건네며 차가운 음료를 쭉 들이켰다. 그리고 한숨 돌리며 두 소녀에게 물었다.

"그래서, 뭐 하면서 놀 건데?"

"방학숙제를 쉽고 빠르게 하는 법? 물론 네 똑똑한 머리를 빌려서!"

연아의 대답이 너무나도 뻔뻔해, 윤우는 질렸다는 표정을 지었다.

윤우와 두 소녀가 카페를 나선 것은 저녁 시간이 될 무렵이었다. 뜻하지 않은 즐거운 시간이었다. 윤우는 그 여운을 느끼며 작별 인사를 건넸다.

"그럼 내일 학원에서 보자."

"근데 정말 저녁 같이 안 먹을 거야?"

연아가 못마땅한 표정으로 물었다. 윤우는 고개를 끄덕였다.

"미안. 집에서 동생이 기다리고 있어서."

"그래? 그럼 어쩔 수 없지 뭐."

그제야 가연이 손을 흔들었다.

"잘 가, 윤우야."

그렇게 윤우와 두 소녀는 갈라져 각자의 목적지를 향해 길을 걸었다.

'조금 아쉽긴 하지만 다음에도 기회가 있겠지?'

두 소녀는 함께 저녁을 먹자고 제안했지만 윤우는 정중히 거절했다. 처음부터 많은 것을 하는 것보다 여운을 남겨 다음 만남을 준비하는 것이 좋다고 판단했기 때문이다.

그렇게 윤우는 집으로 걷기 시작했다. 오늘은 기분이 좋아 버스 대신 걷기로 했다.

얼마나 걸었을까. 갑자기 오른쪽 주머니에서 진동이 느껴졌다. 문자가 온 모양이다.

오늘은 미안 담부턴 폰 잘 가지고 있을께

이번엔 진짜 가연이가 보낸 문자였다. 흐뭇하게 웃은 윤우는 간단히 답장했다.

조심해서 들어가

많은 감정을 꾹꾹 눌러 담은 메시지.

윤우는 그 숨겨진 감정을 가연이 읽어주기를 바랐다.

◆

개학이 며칠 앞으로 다가왔다. 윤우는 정말 눈 깜짝할 사이에 시간이 흘렀음을 느꼈다. 방학이 참 짧다는 생각이 들었다.

'아니, 짧다기 보다는 모자라다는 느낌이네. 봐야 할 책도 너무 많고. 오색의 꼬리별 자료는 거의 모으지도 못했구나.'

윤우는 해야 할 일이 정말 많았다. 공부는 기본이고, 학생회 활동도 해야 했고 연구 논문을 위해 자료까지 찾아야 했다. 쉬는 날엔 동생의 공부를 봐주기까지 했다.

그러다보니 윤우가 여유롭게 사용할 수 있는 시간은 거의 없다시피 했다. 바쁠수록 돌아가라는 말이 있는데, 현실적으로 그러기가 정말 쉽지 않았다.

정신이 해이해질 법도 했다. 하지만 윤우는 그 때마다 그 악마 같은 사내의 얼굴을 떠올리면서 마음을 다잡아갔다.

'방학 과제는 이제 대강 끝났고, 잠시 쉬었다 책 좀 더 봐야겠다.'

윤우는 잠시 침대에 누워 휴식을 취했다.

그러다 문득 가연이 생각이 나 휴대폰을 열고 문자를 하나 보냈다.

주말인데 뭐 해?

사실 방학이라 주말이든 아니든 크게 다를 것은 없다.
평소와 다른 점을 굳이 하나 꼽자면 학원에 가지 않는 것
뿐이다.
5분 정도 뒤에 문자 알림음이 들렸다. 가연의 답장이었
다. 처음엔 답장이 오는 속도가 좀 느렸는데, 요즘은 제법
문자가 오가는 간격이 짧아졌다.

방학숙제 해. 너는?

짧은 답장이었지만 기분이 좋아지는 것은 어쩔 수가 없
었다.
윤우는 버튼을 눌러 답장을 썼다. 그런데 그때 문 쪽에
서 노크가 들렸다.
"오빠, 들어가도 돼?"
"그래."
학원 과제 끝내고 쉬고 있다고 답장을 보낸 윤우는 휴대
폰을 한쪽으로 밀어 넣고 침대에서 일어섰다.
"왜? 배고파? 아직 저녁 시간은 안 됐는데."
"아니. 오빠 시간 괜찮으면 공부 좀 가르쳐 줄 수 있나
해서."

윤우는 짓궂게 웃었다.

"공부가 아니라 방학숙제겠지."

"아니, 그게…… 응. 실은 방학숙제야."

결국 예린은 고개를 숙이며 실토했다. 씨익 웃은 윤우는 예린의 머리카락을 거칠게 쓰다듬으며 책상에 앉았다.

중학교 3학년인 예린은 평범한 학생이었다. 매번 개학을 앞두면 밀린 과제를 들고 자신에게 도움을 청하곤 했다.

아쉽게도 전생에는 큰 도움을 주지 못했다. 기껏해야 작문이나 독후감 숙제를 도와줬을 뿐이다. 하지만 지금은 다르다. 전과목에서 우수한 성적을 거두고 있고, 지식의 양도 예전과는 차원이 다르니까.

적어도 윤우가 해결하지 못하는 문제는 없었다. 그런 자신감으로 윤우는 펜을 들며 물었다.

"무슨 과목이 잘 안 되는데?"

"수학."

"수학……."

예전이라면 윤우도 전혀 도움이 되지 못했을 과목이다. 하지만 윤우는 빙긋 웃으며 옆에 앉으라고 권했다. 중3 수학 정도는 식은 죽 먹기였다.

"이 문제부터 잘 이해가 안 되는데."

예린이 펜으로 문제를 짚었다. 나름대로 풀이 과정이 적혀 있었는데, 도중부터 막힌 모양이었다.

그것을 눈여겨보던 윤우는 무언가를 발견하고는 잠시 시선을 교과서 구석으로 돌렸다. 맨 왼쪽 위 귀퉁이에 캐릭터 그림이 그려져 있었다.

꽤 근사했다. 토끼를 닮은 동그란 동물이었는데, 독특하면서도 귀여운 맛이 있었다.

'직접 그린 건가?'

윤우는 골똘히 생각해 보았다. 지금까지 살아오면서 한 번도 본 적이 없는 캐릭터였다.

바로 그때, 예린이 팔꿈치로 윤우를 툭툭 건드렸다.

"오빠, 듣고 있는 거야?"

"응? 아, 미안. 그런데 이거 네가 그린 거야?"

윤우가 펜으로 토끼 캐릭터를 가리키자 예린은 잠시 머뭇거리더니 고개를 끄덕였다.

"내가 그린 건데, 왜?"

"괜찮네. 그런데 보고 그린 거야? 아니면 창작?"

"창작이야. 예전부터 조금씩 연습 삼아 그리던 캐릭터거든."

"그렇구나."

윤우는 전생의 기억을 통해 분명히 알고 있었다. 예린이가 회화에 뛰어난 재능을 가지고 있음을.

동생은 대학에 진학한 이후에도 그 재능을 취미 이상으로 생각하지 않았다. 그러다 사회에 진출하고 이리저리 치이며 재능을 썩히게 된다.

윤우는 자신의 미래가 바뀌는 것도 중요하지만 주변의 소중한 사람들의 미래도 긍정적으로 바뀌기를 원했다. 그랬기에, 그는 예린에게 그 재능을 빨리 일깨워주기로 결심했다.

윤우는 잠시 책을 밀어놓고 진지하게 말했다.

"너, 그림 배워보는 건 어때?"

"응? 그건 갑자기 왜?"

"공부보다 중요한 얘기야. 그러니까 진지하게 들어."

윤우가 그렇게 나오는 덕분에 예린은 조금 긴장한 얼굴로 고민해야 했다.

"음...... 해보고는 싶은데 아직은 잘 모르겠어서. 그냥 취미삼아 그리는 정도거든."

사실 많은 학생들이 그렇다.

좋아는 하는데 미래에 대한 확신이 없는 것. 누군가의 말에 혹해 진로를 금방 바꾸어 버리는 것.

이는 예린이 중학생이기 때문만은 아니다. 고등학생들도 그렇고, 대학생도 그렇고, 심지어는 사회에 나간 사람들도 간혹 이런 문제를 겪곤 한다.

이럴 때일수록 본인의 확신도 중요하지만, 주변에서 원

하는 길로 인도해줄 수 있는 강력한 힘을 가진 사람이 필요한 법이다.

윤우는 전생에서 그 과정을 한 번 거쳐 온 사람이었다. 그랬기에 고등학교 1학년답지 않은 눈높이에서 동생을 상담해 줄 수 있었다.

"그림을 그릴 때 기분은 어떤데?"

"즐겁지. 스트레스도 확 날아가는 느낌이고. 시간 가는 줄 모르고 그리게 돼."

"정말 좋아하는 거구나."

"응. 좋아해."

윤우는 잠시 뜸을 들이며 신중하게 생각했다.

그는 동생이 회화에 재능이 있다는 건 잘 알지만, 그걸 논리적으로 설명할 방법은 가지고 있지 않았다. 내가 미래에서 왔으니 내 말을 믿어. 이렇게 말할 수는 없지 않은가.

윤우는 차근차근 일을 진행해야겠다고 생각하고 말을 꺼냈다.

"혹시 더 그려놓은 건 없어? 한번 보고 싶은데."

"조금 부끄러운데."

"안 놀릴 테니 걱정 마. 어머니한테도 얘기 안할게."

예린은 잠시 고민하는 모습이었다. 하지만 결국 자리에서 일어서 방으로 돌아가 노트를 하나 가져왔다. 오래 전부터 사용했는지 꽤 낡았다.

윤우는 그것을 첫 장부터 차근히 넘겨보았다. 그 눈빛은 어느 때보다도 진지했다.

'역시 재능이 있어.'

캐릭터 디자인뿐만 아니라 풍경이나 인물 스케치까지 능숙하게 되어 있었다. 비전문가가 보아도 잘 그렸다는 것을 한눈에 느낄 수 있는 수준이었다.

윤우는 곧 노트를 덮었다. 더 고민할 이유는 없었다.

"미술, 해보고 싶으면 해. 오빠가 도울 수 있는 데까지 도와줄 테니까."

"그치만 학원도 다녀야 하고 돈이 좀 들 텐데……."

"그건 너무 걱정하지 말고. 오빠가 부모님이랑 이야기를 해 볼 테니까."

집안 사정이 넉넉하지는 않지만 동생의 미술학원비 정도는 어떻게든 대줄 수 있을 것이다. 이번에 윤우가 명성학원 장학생이 되면서 부담이 많이 줄었던 덕분이다.

믿음직스런 오빠의 말에, 예린은 연습장을 펼쳐 자신이 그렸던 그림들을 빠르게 훑어보기 시작했다.

"나…… 잘 할 수 있을까?"

생각이 많을 때는 아무 생각도 하지 않는 것이 답이 될 수도 있다. 지금 예린에게 필요한 것은 고민이 아니라 응원이었다.

그렇게 판단한 윤우는 동생의 어깨를 다독여 주었다.

"물론이지. 누구 동생인데. 자신감을 가져."

"응!"

예린은 그 어느 때보다도 환하게 웃으며 고개를 끄덕였다.

그 미소를 바라보고 있던 윤우는, 문득 전생에서 동생이 컴퓨터에 타블렛을 연결해 그림을 그리던 모습을 떠올렸다. 왠지 그때와 닮아 보이는 미소였다.

윤우는 동생의 행복한 미래를 위해 작은 선물을 하나 해줘야겠다고 결심했다.

'그러려면 돈이 조금 필요한데…… 가만, 그래. 그거라면 가능할지도?'

윤우는 때마침 좋은 기회를 떠올렸다. 얼마 전 담임선생이 건넸던 A4 팸플릿에 적혀있던 그것. 그거라면 분명 일석이조의 기회가 될 수 있을 것이다.

조금 갑작스럽긴 하지만, 그렇게 윤우는 그날 저녁부터 '거산 청소년 문학상'에 응모할 작품 구상에 돌입했다.

응모 마감까지는 앞으로 한 달.

시간은 충분했다.

뉴 라이프

NEW LIFE

Scene #7 새 학기의 시작

Scene #7 새 학기의 시작

여름 더위가 주춤할 무렵 상훈고등학교의 여름방학도 끝을 맺었다.

2학기부터 정식으로 1학년 7반 반장으로 활동하게 된 윤우는 첫날부터 바쁜 행보를 보였다. 학급 회의를 열어 부장급 임원을 뽑았고, 급우들의 좌석을 다시 배정했다.

부반장 윤슬아가 미리 준비한 제비뽑기로 자리를 정했다. 모두가 종이를 한 장씩 가져갔고, 마지막으로 윤우와 슬아도 본인들의 자리가 적힌 종이를 뽑았다.

"……."

자신의 자리를 확인한 슬아의 표정이 경직되었다. 공교롭게도 윤우와 같은 자리에 앉게 되었던 것이다.

윤우도 난처했다. 슬아가 불편한 건 아니었지만, 반대로 그녀가 자신을 얼마나 싫어하는지를 잘 알고 있었기 때문이었다.

윤우가 조용히, 그리고 진지하게 제안했다.

"성진이랑 바꿔 줄까?"

"……됐어. 학급을 대표하는 사람이라면 규칙을 따라야지. 좌석 교환 못 하게 되어 있잖아? 반장이라면 반장답게 행동해."

"괜찮겠어?"

"됐다니까."

그렇게 톡 쏜 슬아는 자리에 앉아 책을 꺼냈다. 분위기가 싸늘했다. 왠지 윤우는 보이지 않은 가림막이 책상 가운데를 막고 있는 착각이 들었다.

마지막으로 학생회 회의에 참석하는 것으로 모든 일정을 마친 윤우는 교무실로 향했다.

담임에게 볼일이 있어서는 아니었다. 그는 김유진 선생 앞에 도착해서야 걸음을 멈췄다. 그의 손엔 어젯밤에 탈고를 마친 시와 소설이 한 편씩 들려 있었다.

"선생님. 안녕하세요."

"응. 윤우구나? 그래. 무슨 일이니?"

윤우는 그 앞에 당당히 서서 목적을 밝히려 했다. 하지만 김 선생이 먼저 선수를 쳤다.

"마음 정한 거구나? 손에 들고 있는 건 원고일 테고."

"어떻게 아셨어요?"

"네가 안 하면 우리 학교에서 누가 하겠어?"

멋쩍게 웃은 윤우는 들고 있던 원고를 김 선생에게 건넸다. 김 선생은 받는 즉시 원고를 훑어보았다. 표정이 제법 진지해졌다.

"시보다는 소설 쪽이 더 마음에 들어요. 완성도도 그렇고. 일단 선생님이 보시기에 어떤지 몰라서 양쪽 다 준비해 보았습니다."

"흐음, 그래?"

윤우는 시보다는 소설이 가능성이 있다고 판단했다. 기존 수상작에서 모티프를 따온다고 해도 생각만큼 좋은 시가 나오지 않았다. 그랬기에 그는 자신의 세부전공을 살려 소설에 보다 심혈을 기울였던 것이다.

윤우는 심사위원들의 판단기준을 잘 알고 있었고, 그들의 흥미를 이끌만한 소설적인 장치가 무엇인지도 잘 파악하고 있었다. 그랬기에 그는 철저히 계산적으로 플롯을 배치하고 문장을 만들어 나갔다.

결과는 성공이었다. 윤우가 보기에도 제법 근사한 소설이 나왔다. 대상까지는 어려울지는 몰라도, 잘만 하면 수상권 내에 진입할 수 있을 것 같았다.

감상을 마친 김 선생의 견해도 그것과 일치했다. 윤우가 들고 온 작품을 대강 살펴본 김 선생은 소설부문에 응모하는 것이 좋겠다고 조언해 주었다.

"그리고 2주 뒤가 마감인 건 알지? 앞으로 3일 간격으로 퇴고를 해서 선생님한테 가져오도록 해. 내가 간단히 코멘트를 달아 줄게."

김 선생은 윤우의 원고를 책상 위에 올려두었다. 그리고 다시 몸을 돌리며 말했다.

"일단 내일 교무실에 들러. 오늘 가져온 거 다시 꼼꼼히 읽어볼 테니까."

"예. 잘 부탁드립니다."

교무실에서 나온 윤우는 운동장으로 가기 위해 건물을 나섰다.

오늘은 체육대회 축구 예선전이 있는 날이었다. 1학년 3반과의 첫 경기다. 백업 멤버이기도 했고, 반장으로서 자리를 지켜야 했기 때문에 윤우는 발걸음을 조금 서둘렀다.

"어?"

윤우는 잠시 걸음을 멈췄다.

건물 앞에서 박성진과 유나리가 제법 심각한 표정으로 이야기를 나누고 있었다. 성진은 선수용 조끼를 입고 있었고 나리는 수건을 목에 걸고 있다.

손목을 돌려 시계를 확인한 윤우는 뭔가 이상하다고 생각했다.

'왜들 저러고 있지? 경기 시간이 거의 다 됐는데.'

왠지 감이 좋지 않았던 윤우는 성진과 나리가 있는 쪽으로 다가갔다.

"여기서 뭐해?"

두 사람의 시선이 이쪽으로 홱 돌아왔다.

"어, 잘 만났다. 너 어디 갔다 온 거야? 학생회 회의는 아까 끝났던데 코빼기도 안 보이고."

"맞아. 전화했는데 전화도 꺼져있던데."

성진과 나리가 각각 불만을 쏟아냈다. 마치 기다렸다는 듯 말이다.

왠지 죄인이 된 듯한 느낌이었다. 윤우는 일단 주머니에서 휴대폰을 꺼냈다. 나리의 말대로 전원이 나가 있었다.

"배터리가 다 됐네. 잠깐 교무실에 들렀다가 나오는 길이야. 무슨 일인데 그리들 호들갑이야?"

"철성이가 몸 풀다가 다쳤어. 지금 양호실에 누워 있다."

"얼마나?"

"다리가 좀 삔 모양이야. 양호 선생님 말로는 부러지진 않았다는데······."

윤우는 대강 상황이 어떻게 돌아가는지 알 수 있었다. 핵심 멤버였던 박철성이 경기에 뛰지 못해 백업이 필요한 것이다. 거기까지 생각이 미치자 윤우는 다시금 의문이 들었다.

"근데 나 말고 호윤이도 백업이잖아. 왜 날 찾고 있었던 거야? 응원할 사람이 부족한 건 아닐 테고."

"호윤이 보다는 니가 확실하니까."

"무슨 기준이냐 그건?"

"너 체육대회에서 뛰려고 몇 달 전부터 복싱 학원에 다니고 있는 거 다 알아. 잔말 말고 따라와! 시간 없다."

"잠깐, 축구랑 복싱이랑 무슨 상관인데?"

"어허, 거 참 말 많네."

성진이 눈짓하자 나리가 결의에 찬 표정으로 고개를 끄덕이더니 윤우의 한쪽 팔을 잡았다. 그리고 성진은 반대편 팔을 잡았다.

"몸은 가면서 풀어. 유나리, 서둘러!"

"윤우야, 미안!"

그것을 신호로 성진과 나리가 재빨리 뛰기 시작했고, 윤우는 그대로 운동장으로 끌려가고야 말았다.

"어? 반장이다."

"김 박사가 뛰는 거야? 호윤이가 아니라?"

"그런가본데?"

7반 학생들이 웅성거리기 시작했다. 아이들은 대부분

호의적인 반응을 보였다. 물론 부반장 윤슬아는 그 무리에서 조금 떨어져, 별 관심 없다는 눈으로 운동장을 바라보고 있다.

"받아."

성진은 파란색 선수용 조끼를 윤우에게 던졌다. 7반은 파란색 조끼였고 상대팀 3반은 붉은색 조끼였다.

윤우는 엉겁결에 조끼를 걸치긴 했지만, 전혀 마음의 준비가 되어 있지 않았다. 그나마 성진이 미리 교실에 놔둔 축구화를 가지고 온 것이 다행이었다.

"몸은 좀 풀렸어?"

"그럴 리가."

성진은 윤우의 어깨를 툭툭 두드리며 씨익 웃었다.

"그럼 전반전에 설렁설렁 뛰면서 풀라고. 어차피 동네 축구는 체력 싸움이야. 후반전에 올인하면 돼."

주장은 박성진이었다. 그가 7반에서 축구를 가장 잘했다. 사실 성진이 호윤 대신 윤우를 택한 것은 단순히 체력이 좋아서가 아니라 윤우 쪽과 더 호흡이 잘 맞기 때문이다. 중학교 시절부터 꾸준히 함께 축구를 해왔으니까.

신발 끈 정리를 끝낸 윤우는 주변을 둘러보았다. 그러다 몸을 풀고 있던 김명식과 눈이 마주쳤다.

"반장! 받아!"

김명식이 짧게 크로스를 올렸다. 윤우는 가볍게 가슴으로 받아 공을 세웠다.

오늘 처음 만져보는 공이었다. 후보인 데다가 학생회 활동 때문에 지금까지 연습에 많이 참여하지는 못했다. 2주일 전쯤 차본 것이 마지막이었다.

'그래도 느낌이 나쁘진 않은데?'

윤우는 한번 앞으로 툭 치고나가 드리블을 시작하더니, 힘을 살짝 준다는 느낌으로 앞으로 차 올렸다. 역시나 공은 멀리, 그리고 정확히 날아갔다.

"나이스 패스!"

공을 받은 명식이 엄지손가락을 세웠다. 윤우도 손을 들어주었다.

회귀로 인해 전체적인 신체 능력이 상승하면서 킥력도 좋아졌다. 윤우의 가장 큰 약점이 킥력이었는데, 그것이 보완되니 원하는 방향으로 공을 자유롭게 보낼 수 있었다.

몸을 돌린 윤우가 성진에게 물었다.

"내 포지션은?"

"미드필더."

"……그냥 골키퍼 하면 안 되냐?"

"반장 달더니 도로 상훈고의 귀차니스트가 된 거야? 평소에 하던 대로 가자고. 어? 곧 시작하려나보네. 자 7반! 다들 모여 봐!"

성진이 소리 높여 외쳤다. 그러자 파란색 조끼를 입은 학생들이 이쪽으로 달려왔다.

"작전은 간단해. 패스는 무조건 윤우에게. 아마 상대팀은 날 집중적으로 마크할거야. 그러면 명식이가 침투해. 윤우는 비어있는 쪽으로 찌르고."

윤우와 명식이가 동시에 고개를 끄덕였다. 성진이 이어서 말했다.

"꼭 이기자. 이기면 반장이 라면 쏜댄다!"

"뭐? 야, 잠깐!"

"오오!"

성진이 손을 뻗었다. 그러자 하나 둘 그 위로 자신의 손을 포갰다. 왠지 기운이 없어 보이는 윤우도 그 위에 손을 하나 더했다.

"다들 준비 됐지? 하나, 둘, 셋."

"파이팅!"

선수들이 운동장으로 흩어지자, 각 반 학생들이 환호성을 지르며 응원을 시작했다.

슬아는 여전히 무신경한 눈으로 팔짱을 낀 채 운동장을 바라보고 있다. 반면 나리의 눈은 윤우에게서 단 한시도 떠나지 않았다. 나리가 성진에게 적극적으로 협조한 것도 바로 이 모습을 보기 위해서였다.

골대와 선공 여부를 결정하고 곧 경기가 시작되었다.

삐익—

성진이 공을 옆으로 넘겼고, 명식이 그것을 받아 뒤로 흘렸다. 공을 잡은 윤우는 앞으로 치고 나가며 시야를 넓혔다.

'역시 성진이 쪽이 집중 마크를 당하네.'

두 명의 수비수가 성진에게 따라붙고 있었다. 그에 비해 다른 공격수인 명식은 움직임이 자유로웠다.

윤우는 일단 공을 세우고 여유를 가졌다.

"붙어!"

상대팀 수비수 하나가 접근하자 윤우는 옆으로 공을 툭 차서 패스했다. 그리고 앞으로 빠르게 달려 나갔다.

"반장!"

콜과 함께 공이 다시 윤우의 앞으로 떨어졌다. 정확한 패스였다. 공을 잡은 윤우는 앞으로 짧게 치고 달리기 시작했다.

"막아!"

수비수 하나가 밀착해왔다. 윤우는 공을 살짝 터치해 멀리 차는 시늉을 하며 전방으로 시선을 던졌다. 저 너머로 파란색 조끼 두 개가 보였다.

'공격 숫자가 부족해.'

윤우는 슛을 하지 않고 살짝 페이크 모션을 넣었다. 그렇게 가뿐히 수비를 제치고 윤우는 우측 페널티 박스 근처로 드리블했다.

"올려!"

멀리서 성진이 손을 들며 외쳤다. 때마침 수비 둘이 앞을 막아서려 하고 있었다.

두 명을 제칠 자신은 없었다. 윤우는 각이 좁혀오기 전에 공을 감아 찼다.

방향은 정확했지만, 아쉽게도 공은 수비수의 머리를 맞고 밖으로 나갔다. 헤딩에 실패한 성진이 씁쓸히 웃으며 엄지를 세워보였다.

차주영이 코너킥 준비를 했다. 윤우는 우측 페널티 박스에서 어슬렁거리다가, 재빨리 코너 쪽으로 달려 나갔다.

툭.

주영은 크로스를 올리지 않고 윤우에게 짧게 패스했다. 수비가 적극적으로 따라 붙었기 때문에 윤우는 공을 그대로 흘리면서 몸을 반대로 휙 돌렸다.

"오오!"

"김 박사 잘한다!"

윤우의 깔끔한 플레이에 7반에서 환호성이 들렸다. 무관심한 슬아의 시선이 윤우 쪽으로 움직였다.

수비를 가뿐히 제친 윤우는 전방을 주시했다. 성진과 명식이 골문으로 쇄도하고 있었다.

크로스 타이밍이었다. 윤우는 오른발로 공을 감아 차 크로스를 올렸다.

하지만 그것은 속임수였다. 윤우는 공을 차는 척 하며 우측으로 살짝 드리블했다.

"나이스!"

다시금 수비를 벗겨낸 윤우는 상대팀의 수비가 엉성한 틈을 타 기습적으로 슛을 날렸다.

강력한 슈팅.

공은 일직선을 그리며 대포알처럼 날아갔다. 도저히 고등학생이 찼다고는 할 수 없을 만한 위력이었다.

텅!

하지만 아쉽게도 공은 우측 크로스바를 맞고 밖으로 나갔다. 7반 응원석에서 깊은 탄성이 들렸다.

"아아!"

"깝샷!"

골키퍼가 킥을 준비할 동안 공격수들이 뒤로 물러섰다. 성진이 가까이 다가오더니 윤우의 등을 툭 쳤다.

"너 진짜 대박이다. 골키퍼 시켜달라고 엄살떨더니 골 욕심이나 부리고 자빠졌네."

"그냥 틈이 보였을 뿐이야."

"살살해. 예선이니까. 어차피 우리 상대는 11반뿐이야."

"그러면 그냥 나 대신 호윤이 내보내지 그랬어?"

씨익 웃은 성진은 자신의 포지션으로 돌아갔다. 그는 늘 그랬다. 할 말이 없어지면 미소로 대신한다.

윤우도 센터서클 근방으로 돌아가 수비를 준비했다.

상대 골키퍼가 짧게 수비에게 연결했고, 3반의 공격이 시작되었다.

공이 땅볼로 성진을 지나쳐 미드필더 라인까지 연결되었다. 상대팀 공격수가 앞으로 치고 달리기 시작했다. 체력이 남아돌았던 윤우는 재빨리 돌아가 발을 뻗었다.

탁—

한발 앞서 윤우가 공격을 끊어내었다.

상대팀이 공격을 나오는 도중이었다. 순간 윤우와 성진의 눈이 마주쳤다.

'역습 찬스.'

윤우는 반사적으로 공을 앞으로 길게 차 올렸다.

골문 쪽으로 달려들던 성진이 오른발을 뻗어 아슬아슬하게 패스를 받았다.

기가 막힌 패스였다.

때마침 역습 상황이었기 때문에 수비는 한 명도 없었다.

성진은 높게 튀어 오른 공을 가슴으로 살짝 건든 다음 골문을 향해 강하게 슈팅했다.

파앙!

상대팀 골키퍼가 재빨리 몸을 날렸다. 그러나 슛이 워낙 강해 공을 뒤로 놓치고야 말았다.

삐익—

골을 알리는 휘슬이 울렸다.

"와아아아!"

7반 응원석은 잔치 분위기였다. 별로 중요한 시합이 아니었음에도 모두가 서로를 얼싸안고 성진의 이름을 소리 높여 불렀다.

"박성진! 박성진!"

성진은 쇼맨십을 아는 사람이었다.

그는 3반 응원석을 여유롭게 지나치며 7반 응원석 쪽으로 달려와 팔을 흔들며 세레모니를 했다. 모두가 성진 쪽으로 달려와 그를 안아주었지만, 윤우는 멀리서 엄지를 들어 보일 뿐이었다.

성진이 윤우 쪽으로 달려왔다. 어쨌든 어시스트를 기록한 것은 윤우였으니까. 성진이 손을 내밀자 윤우가 하이파이브를 했다.

"제법인데? 실력이 많이 늘었다?"

윤우는 그저 웃을 뿐이다. 그에게 진실을 말할 필요는 없었다.

"조금 길었는데 그래도 용케 받았네."

"나니까."

확실히 성진 정도의 실력을 가지고 있었기에 가능한 일이었다. 길게 날아오는 패스를 한 번에 터치해서 슛이 가능하게 하는 것은 정말 어려운 일이다.

성진이 윤우의 등을 두드리며 말했다.

"다시 한 번 그렇게 가자고. 얼마든지 받아줄 테니까."

"그래."

그렇게 모든 선수들이 다시 자리를 잡았고, 휘슬이 울렸다. 그리고 3반의 공격이 시작되었다.

하지만 금방 공을 빼앗기고 7반의 역습 찬스가 났다. 이번엔 성진이 드리블을 하다 쇄도하는 명식에게 패스를 했다. 명식은 1분도 채 되지 않아 추가골을 넣었다.

그렇게 경기는 일방적으로 흘러갔다. 3반은 7반의 적수가 되지 못했다.

전반전이 끝나기도 전에 윤우의 7반은 세 골을 기록했다. 물론 실점은 단 한 점도 없었다. 3반은 벌써부터 게임을 포기한 듯한 움직임을 보였다.

후반전이 시작되자 슬아가 가방을 메더니 자리에서 일어섰다. 옆에 있던 유나리가 고개를 갸웃하며 물었다.

"응? 슬아, 어디가?"

"집에."

"왜? 응원 해야지."

"응원은 너희들이 해. 쓸모없는 일에 시간 낭비 하고 싶지 않아. 돌아가서 교과서라도 한 글자 더 보는 게 낫지."

냉정하게 쏘아붙인 슬아는 그대로 자리를 떴다. 눈을 깜빡이며 멍하니 그녀의 뒷모습을 바라보던 나리는 다시 고개를 돌리고 응원을 시작했다.

"김윤우! 힘내!"

슬아의 걸음이 더욱 빨라졌다. 왠지 그 응원이 귀에 거슬려 이곳을 빨리 벗어나고 싶었다.

윤우보다 더 열심히 공부해서 2학기 때는 반드시 전교 1등을 되찾는 것이 슬아의 목표였다. 이런 곳에서 시간을 낭비할 수는 없었다.

"와아아!"

"나이스 김윤우!"

뒤에서 또다시 환호성이 들렸다. 정문까지 절반 정도를 남겨뒀던 슬아는 윤우를 호명하는 소리에 무심코 고개를 뒤로 돌렸다.

그녀의 예쁜 눈 속으로 멋지게 골을 넣고 친구들에게 축하를 받는 윤우의 뒷모습이 들어왔다. 누가 봐도 윤우는 그 순간을 즐기는 것 같았다.

슬아는 안다.

아무리 노력한다고 해도 즐기는 사람을 이길 수 없다는 사실을.

윤우는 매사에 노력하는 것처럼 보이지만 사실 그 자체

를 즐기고 있었다. 공부를 할 때도, 청소를 할 때도, 봉사
활동을 할 때도 그랬다. 지금처럼 말이다.

'이길 수 있을까?'

잠시 그렇게 서서 윤우를 바라보던 슬아는 다시 몸을 돌
려 갈 길을 갔다.

7대 0으로 대승을 거둔 윤우는 성진의 성화에 못 이겨
같이 뛴 친구들에게 라면을 대접해야 했다. 덕분에 윤우는
가지고 있던 용돈을 모두 털리고야 말았다.

하지만 기분은 나쁘지 않았다. 친구들과 이렇게 어울릴
수 있는 것 자체가 윤우에게는 행복이었으니까. 얼마 만에
제대로 경기를 해본 것인지 기억이 가물가물할 정도였다.

집으로 돌아와 샤워를 하고, 윤우는 서둘러 학원으로 향
했다. 라면을 사지만 않았더라도 여유 있게 갈 수 있었을
것이다.

'3분 전인가? 뛰어야겠다.'

버스에서 내린 윤우는 강의실로 뛰어 올라갔다.

다행히 아직 수업이 시작되지는 않았다. 다들 수업 준비
를 하거나 가볍게 잡담을 나누고 있다.

윤우는 숨을 고르며 자신의 자리에 앉았다.

"오늘은 늦게 왔네? 무슨 일 있었어?"

가연이 그렇게 물을 만도 했다. 학원에서 제일 먼저 와서 자리를 차지하고 있는 것이 윤우였으니까.

"학교에서 체육대회를 하는데 축구 예선경기가 있었거든. 경기에 뛰느라 좀 늦었어."

윤우의 말에 가연의 눈이 동그래졌다. 앞자리에 앉아있던 연아도 의외라는 표정이다.

"축구? 너 축구도 해?"

연아가 시비조로 묻자 윤우가 씁쓸히 웃었다.

"그렇게 묻는 의도는 뭐야?"

"아니, 왠지 넌 공부만 할 것 같아서. 운동 같은 거 별로 안 좋아할 것 같았거든."

"좋은 선입견이네."

이번엔 가연이 물었다.

"골은 넣었어?"

"두 골."

"와, 대단한데? 축구도 잘하나 보구나."

윤우는 고개를 가로 저었다.

"잘하는 친구들이 기회를 만들어 줬거든. 나는 그냥 발만 갖다 댔을 뿐이야."

그 대답에 가연은 생긋 웃었다. 윤우는 늘 겸손했고, 가연은 윤우의 그런 점이 정말 마음에 들었다.

한숨을 돌린 윤우는 그제야 가연의 모습을 제대로 볼 수 있었다. 왼쪽 머리를 두 갈래로 땋아 머리핀을 꽂았다. 너무 귀여워 꼭 안아주고 싶을 정도였다.

"머리 예쁘다."

윤우는 흠칫 놀랐다. 너무 몰입한 나머지 무의식적으로 그런 말이 나와 버린 것이다.

가연은 얼굴을 붉히더니 시선을 바닥으로 내렸다.

"아, 고마워……."

"뭐야 너희들. 분위기가 심상치가 않은데. 사귀냐?"

심드렁한 눈으로 두 사람을 번갈아 바라보는 연아. 화들짝 놀란 가연은 아니라며 필사적으로 변명한다.

"뭐야. 강한 부정은 강한 긍정이라는데. 가연이 너 진짜 그런 거야?"

"아니, 아니라니까 그러네. 윤우야 너도 뭐라고 말 좀 해봐. 응?"

윤우는 왠지 마음이 씁쓸했지만, 천천히 걸어가기로 마음을 정한 후였기 때문에 여유 있는 미소를 지을 수 있었다.

"아무 사이도 아니야. 그러니까 가연이 놀리지 마."

"호오. 이거 정말 수상한데? 그 와중에도 가연이 감싸는 거 보니."

"멋대로 생각해라."

윤우는 가볍게 웃어 넘겼다. 그리고 당황스런 얼굴로 연아와 대화를 하는 가연을 바라보았다.

아내는 다른 사람에게 마음을 쉽게 열지 않는다. 그리고 한 번 마음을 열면 평생 그 마음을 간직하는 순수한 사람이다. 그랬기에 천천히 관계를 만들어 나가는 것이 중요했다.

곧 강사가 안으로 들어왔고, 문학 수업이 시작되었다. 윤우는 교재에 집중했지만 그 교재 위로 가연의 웃는 모습이 떠오르고야 말았다.

"수고 많았어. 이대로 제출하면 될 것 같다."

김유진 선생은 만족스럽게 웃으며 원고를 윤우에게 건넸다. 윤우는 고개를 숙였다.

"감사합니다. 고생 많으셨어요. 선생님."

"고생은 무슨. 네가 고생했지. 개인적인 평가이긴 하지만 이 정도 수준이면 못해도 동상은 탈 거야! 상 타면 한턱 쏴. 알았지?"

"물론이죠."

김 선생 말대로 2주간 힘들게 퇴고를 했다. 의외로 김 선생의 안목은 까다로웠다. 문학 박사인 윤우가 미처 생각지 못한 곳까지 지적을 해왔다.

사실 그것은 학위와는 관계가 없는 일이었다. 원래 자기가 쓴 소설을 볼 때는 놓치는 게 많은 법이니까. 덕분에 윤우는 초고보다 훨씬 좋은 소설을 완성해냈다.

처음에는 잘 해야 은상 정도 받지 않을까 싶었는데, 잘만 하면 금상까지 기대해 봐도 좋을 것 같았다. 정말 운이 좋으면 대상도 가능할 것이다.

물론 윤우는 마음을 비운 상태였다. 괜한 기대는 늘 실망만 가져오는 법이다.

평소처럼 하는 일에 충실하고, 미리 계획한 다른 일을 진행하다 보면 좋은 소식이 날아올 것이다. 기쁨은 그때 누려도 충분하다.

"선생님. 그럼 전 가보겠습니다."

"그래. 잘 가렴."

윤우는 홀가분한 마음으로 교무실을 나섰다. 이제 원고를 문학상에 접수시키고 얼마 남지 않은 2학기 중간고사를 준비하면 된다.

그런데 갑자기 눈앞에 그림자가 드리워졌다.

윤우는 누군가가 앞을 가로막아 걸음을 멈춰야 했다.

"어?"

같은 또래의 남학생이었다. 그런데 교복이 아니라 평상복을 입고 있다. 한마디로 귀티가 나는 아이였다. 손목에 찬 시계도 굉장히 비싸 보였다.

남학생이 오만한 눈으로 윤우의 이름표를 보더니 느끼한 미소를 지었다.

"1학년 7반의 김윤우?"

"그런데?"

"반갑다. 난 오늘 전학 온 이기훈이야."

윤우는 얼떨결에 그가 청하는 악수를 받아들였다. 하지만 이해가 가지 않는 부분이 꽤 많았다. 어떻게 그는 자신이 7반이라는 걸 알고 있을까.

"네가 상훈고 전교 1등이라는 건 삼촌한테 들어서 잘 알고 있다. 아, 삼촌이라고 하면 모르겠군. 명성학원 원장님. 이재환 선생님 알지?"

윤우는 고개를 끄덕였다. 그러자 기훈이 목소리에 힘을 주며 말을 이었다.

"어쩌다보니 이렇게 천박한 학교에 굴러 들어오게 됐지만…… 아무튼 미안하게도 전교 1등 자리는 나한테 넘겨야겠다."

"뭐?"

"날 너무 원망하지 마. 난 너랑 친하게 지내고 싶거든. 학생회 활동도 한다고 들었다. 내년엔 내가 전교회장에 출마할 생각이니까 앞으로 많이 도와달라고. 알았지?"

그렇게 일방적으로 통보한 기훈은 윤우의 어깨를 툭툭 치더니 교무실 안으로 들어가 버렸다.

'건방진 자식……'

윤우는 기분이 좋지 않았지만, 이내 마음을 가라앉히고 전생의 기억을 되짚어 보았다.

이기훈이라는 이름을 떠올려 보려고 해도 도무지 떠오르는 것이 없었다. 윤우의 기억 속에 없는 인물이었다. 전교에서 수위권에 들었던 친구들 이름은 대강 알고 있었으니까.

'도대체 누구지? 저런 애가 기억에 없을 리가 없는데.'

기훈은 대강 넘겨들을 수는 없는 발언을 했다. 전교 1등 자리를 넘기라는 것은 그렇다 쳐도, 전교회장에 출마한다는 이야기는 의미심장한 것이었다.

그렇게 윤우가 고민을 거듭하며 교실로 돌아갈 무렵, 갑자기 온몸에서 한기가 돌았다.

생각이 툭 끊겼다.

윤우는 가슴이 철렁 내려앉는 것 같은 불안감을 느꼈다. 몸이 먼저 기억하고 있는 불길한 냉기였다.

윤우는 고개를 들었다. 역시나 검은 정장을 입은 사내가 이쪽으로 걸어오고 있었다.

뚜벅— 뚜벅—

"오랜만이군."

사내의 인사는 건조했다.

＊

오랜만에 사내와 만난 그날 오후, 윤우는 학원에서 수업을 들었다. 하지만 연이어 일어난 갑작스러운 일 때문에 도무지 수업에 집중할 수가 없었다.

과학 강의가 끝나고, 강사가 강의실 밖으로 나갔음에도 윤우는 미동 없이 멍하니 책상만 바라보고 있다.

그럴 만도 했다. 그 악마 같은 사내가 남긴 말은 결코 가볍지 않았기 때문이다.

"무슨 생각 해?"

윤우를 보며 이상함을 느낀 가연이 조심스레 다가와 물었다. 그 덕에 윤우는 상념에서 깨어났다.

"어? 아니, 아무것도."

"아무것도가 아닌데? 땀도 흘리고…… 어디 아픈 거 아니니? 안색이 안 좋아."

"괜찮아."

그렇게 대꾸한 윤우는 씁쓸히 웃으며 한숨을 내쉬었다.

길고 긴 상념이었다. 강의가 끝난 것도 인지하지 못할 정도로 길었다. 그뿐이 아니다. 윤우는 가연의 말대로 이마에 식은땀까지 흘리고 있었다.

모든 게 그 악마 같은 사내 때문이었다. 약 5개월 만에 모습을 드러낸 사내는 이렇게 말했다.

– 과거가 바뀌고 있어.

처음 그 말을 들었을 때 윤우는 잘 이해를 하지 못했다. 과거가 바뀐다는 것은 너무나도 막연한 말이었으니까.

하지만 지금은 다르다. 윤우는 그가 했던 그 짧은 말이 무엇을 의미하는지 알게 되었다. 해결의 실마리는 이기훈에게 있었다.

'이기훈…… 기억에 없던 사람이 나타난다고 해서 전혀 이상한 게 아니었어. 생각해보면 내가 지금 가연이와 어울리는 것도 이상한 거잖아?'

윤우는 자신이 전교에서 1등을 하고 반장을 맡게 되었다는 것을 대수롭지 않게 생각했었다. 노력을 해서 얻은 당연한 결과였기 때문이다.

하지만 돌이켜보면 그것은 정말 많은 변화를 야기했다. 명성학원에 장학생으로 다닐 수 있게 되었고, 가연과 일찍부터 가까워질 수 있는 계기가 되었다.

이러한 것들은 분명 결정된 과거를 거스르는 주요 인자들이었다. 마치 궤도를 이탈한 위성처럼, 바뀐 과거는 시간이 지날수록 본래의 궤도에서 점차 멀어지게 되었을 것이다.

'그 결과로 그 녀석이 나타나 내 앞길을 가로막으려는 것이고.'

물론 잠깐이나마 그 악마 같은 사내가 장난을 쳐 이기훈과 자신을 엮었을지도 모른다고 생각하긴 했었다.

자신이 세운 목표를 명백히 방해하려는 이기훈과 연이어 나타난 사내의 모습에서 윤우는 뭔가 작위적인 느낌을 받을 수밖에 없었으니까.

딱 그런 느낌이었다.

마치 누군가가 써 놓은 시나리오대로 움직이는 듯한 느낌.

하지만 윤우는 고개를 가로 저었다. 그것은 심증일 따름이었다. 물증은 없었다. 윤우는 사내를 추궁했지만 그는 끝내 대답해 주지 않았다.

무엇보다도 그것은 중요한 문제가 아니었다. 그 악마 같은 사내의 의도와는 관계없이, 이기훈이 자신의 강력한 라이벌로 나타났다는 결과에는 변함이 없으니까.

윤우는 불안했다.

가까스로 모은 모래가 손가락 사이로 조금씩 새어나가는 듯한 느낌이 들었다.

– 이제 곧 재미있는 일이 벌어질 거야.

마지막으로 사내가 남긴 말이 윤우의 머릿속에 울려 퍼졌다. 뭔가 그는 음모를 꾸미고 있는 듯 보였다.

'재미있는 일?'

막연한 불안감에 윤우는 눈을 질끈 감았다. 이런 불안감은 정말 오랜만이었다.

끔찍한 상상이 펼쳐지기 시작했다. 곧 다가올 2학기 중간고사에서 전교 1등을 빼앗기고, 내년에 있을 전교학생회장 선거에서 이기훈에게 무릎을 꿇는 상상이.

그럴 듯한 상상이었다. 기훈은 부잣집 아들이었고, 모든 면에서 윤우보다 월등한 배경을 가지고 있었다. 마음만 먹으면 돈을 풀어 아이들을 사로잡을 수도 있을 것이다.

'젠장!'

상상을 하면 할수록 윤우는 괴로웠다. 마음이 찢어질 듯 아팠다.

그런데, 바로 그때.

"어?"

가연의 부드러운 손이 이마에 닿았다.

순간 윤우는 불안감을 떨쳐내며 눈을 떴다. 걱정스러운 표정을 지으며 자신을 내려다보고 있는 그녀의 모습이 한눈에 들어왔다.

"윤우, 너 열 있는 거 같아. 머리 아프지 않니? 어지럽다든가."

상냥한 목소리. 덕분에 윤우는 힘을 낼 수 있었다.

"괜찮아. 조금 컨디션이 안 좋은 것 같아. 걱정하지 마."

"그래도. 몸 안 좋으면 조퇴하는 게 좋을 거 같아. 곧 시험이잖아? 무리할 필요는 없을 것 같은데."

윤우는 미소를 지으며 고개를 가로 저었다.

"참 고집은……."

정 안되겠는지 가연은 입고 있던 카디건을 벗어 윤우에게 걸쳐 주었다. 달콤한 체취가 윤우의 마음을 사르르 녹였다. 몸과 마음이 포근해졌다.

"……고마워."

"감기 들면 안 돼. 알았지?"

"그래."

생긋 웃은 가연은 자신의 자리로 돌아가 앉았다. 앞에 앉아 있던 연아는 기다렸다는 듯 가연을 추궁한다. 표정이 시큰둥한 게 쉽게 끝날 것 같지 않아 보였다.

"사귀는 거 맞네. 맞아!"

"아니라니까 그러네?"

"너 저 옷 엄청 아끼는 거잖아?"

"그, 그건……."

말문이 막힌 가연은 얼굴을 살짝 붉혀야 했다.

아이들이 떠드는 소리에 옆쪽이 시끌벅적해졌다. 한참 동안 가연과 연아의 모습을 지켜본 윤우는 가방을 열고 책을 바꿔 다음 강의를 준비했다.

실없는 웃음이 나왔다.

이기훈과 악마 같은 사내가 갑작스레 나타나 겁을 집어먹었던 자신의 모습이 너무나도 한심하게 느껴졌기 때문이다. 해보지도 않고 말이다.

외롭고 힘든 싸움이 될 거라고 생각했었다. 이길 수 없을지도 모른다는 불안감도 들었다.

하지만 윤우는 혼자가 아니었다.

자상한 부모님과 착한 동생, 그리고 때때로 말썽을 부리지만 깊은 우정을 나누는 친구들이 있다. 믿음을 주는 학교 선생님들도 있다.

무엇보다도 윤우에겐 가연이가 있었다. 윤우는 그 사실 하나만으로도 모든 상념을 떨쳐낼 수 있었다.

'재미있는 일이 벌어질 거라고?'

윤우는 악마 같은 사내가 했던 말을 떠올리며 미소를 지었다. 불안했던 마음이 한순간에 기대감으로 충만해졌다.

'재미있는 일은 내가 먼저 만들어주지.'

마음을 굳게 먹은 윤우는 펜을 들고 교재로 눈을 돌렸다. 쉬는 시간 5분조차도 그에겐 버릴 수 없는 소중한 시간이었다.

◈

모든 수업이 끝나자 아이들이 자리에서 일어섰다. 윤우도 책을 가방에 집어넣었다. 오늘따라 시간이 정말 빨리 지나가는 느낌이었다.

'조금 더 걸치고 있고 싶은데.'

카디건 때문이었다. 아쉽지만, 이제 수업이 끝났으니 걸치고 있던 옷은 가연에게 돌려줘야 했다.

'살다 보니 감기에 걸리고 싶어질 때도 있구나.'

가연이를 품에 안은 것처럼 포근한 감촉이 느껴지는 옷이었다. 가벼이 웃은 그는 자리에서 일어서 옷을 가연에게 돌려주었다.

"고마워. 잘 입었어."

"몸은 좀 어때? 이제 괜찮아? 안색은 아까보다 훨씬 좋은 거 같은데."

윤우는 고개를 끄덕였다.

"덕분에 싹 나았어. 이거 효과가 참 좋다. 병원에 안 가도 되겠어."

그때 마침 좋은 아이디어를 떠올린 윤우는 조심스럽게 가연에게 제의했다.

"다음에 답례로 맛있는 거 사줄게. 시간 괜찮으면 한번 나올래?"

"맛있는 거?"

매사에 조심스러웠던 윤우로서는 꽤 큰 도박이었다. 아무튼 그는 신중하게 가연의 반응을 살폈다. 다행히 그녀는 즐거운지 웃어 보였다.

"그럴까?"

"다음 주 추석이니까 연휴에 한 번 보는 것도 나쁘지 않겠네."

"이번 추석엔 시골에 안 내려가니까 시간은 괜찮아."

고개를 끄덕인 윤우는 그녀가 좋아하던 게 무엇이었는지 기억해 보았다. 아마 크림소스가 들어간 파스타였을 것이다. 조금 지갑에 부담이 가지만 상대가 가연이라면 뭐라도 해줄 수 있다.

"너 파스타 좋아하니까 그거 먹으러 가자. 괜찮은 데 봐 뒀어."

"응? 나 파스타 좋아하는 건 어떻게 알았어?"

윤우는 아차 싶었다. 하지만 그는 임기응변에 뛰어났다. 고개를 갸웃하더니 자연스럽게 상황을 수습했다.

"저번에 얘기하다가 들은 것 같은데, 아니었나?"

"아 그랬나? 생각해 보니 그런 것 같기도 하고……."

"아무튼, 편한 날에 한번 보자."

가연은 환하게 웃으며 고개를 끄덕였다.

그때 잠자코 이 상황을 지켜보고 있던 연아가 팔짱을 끼며 뒤에서 한소리 했다.

"니네 그냥 사귀지 그러냐."

"아, 아니 그게……."

또다시 얼굴을 붉히는 가연이었다.

추석은 화요일이었다. 때문에 윤우는 일요일부터 수요
일까지 학교에 나가지 않고 쭉 쉴 수 있다. 물론 학원도 휴
강을 할 예정이다.

책상에 앉아 공부를 하던 윤우는 무언가를 떠올리더니
휴대폰을 열어 가연에게 문자를 보냈다.

다음 주 수요일 어때?

답장은 곧장 도착했다.

응~ 괜찮아ᐱᐱ

기분 좋은 미소를 지으며 윤우는 휴대폰을 닫았다. 그리
고 데이트를 하던 대학 시절을 떠올리며 침대 위에 누웠
다.

'가연이랑 자주 가던 그 파스타 집, 지금도 영업을 하려나? 꽤 오래된 가게였었는데.'

다시 몸을 일으킨 윤우는 컴퓨터 앞에 앉아 파스타 집 번호를 찾아보았다. 전화를 걸어보니 다행히 영업을 하고 있었다.

그게 끝이 아니었다. 윤우는 지도를 보며 동선을 짜는 등 평소보다 신경을 썼다. 챙겨준 것에 대한 답례라고는 했지만 첫 데이트나 다름이 없었다.

가연을 어떻게 즐겁게 해줄 것인가에 대해서는 고민하지 않았다. 과거에 했던 것을 그대로 하면 되는 거니까.

그때 문에서 노크가 들렸다.

"오빠. 저녁 먹어."

"그래."

윤우는 책을 덮고 거실로 나갔다. 그리고 동생과 둘이 마주 앉아 저녁식사를 시작했다. 마음은 벌써 수요일이었던 윤우는 계속 미소를 지었다.

예린은 젓가락을 입에 물고 윤우를 멀뚱히 바라본다.

"오빠, 뭐 좋은 일 있어?"

다른 일이라면 모를까, 가연에 관한 일은 예린에게 이야기하고 싶지 않았다. 그대로 부모님께 일러바칠 것이 뻔하니까.

"아니. 아무것도."

"그런데 왜 그렇게 웃어? 마치 첫 데이트 기다리면서 신난 사람처럼."

윤우는 흠칫 놀랐다.

때때로 예린은 자신을 놀라게 할 때가 있다. 그만큼 감이 좋은 아이였던 것이다.

"뭐야, 정말 그런 거야?"

"아무것도 아니라니까 그러네."

"피이."

예린이 토라진 얼굴로 밥을 한 숟갈 떴다. 윤우는 화제를 돌리는 게 좋겠다고 생각했다.

"그나저나 미술 학원은 좀 알아봤어?"

"응. 몇 군데 알아봤고 상담도 받아봤어. 근데 고등학교 들어간 다음 다녀도 괜찮을 것 같아. 겨울까지 좀 자세히 알아보고 결정을 하려고."

"그래. 잘 생각했다."

그렇게 윤우는 동생과 잡담을 나누며 즐겁게 저녁식사를 했다.

가연과 만나기로 한 그날, 윤우는 동생이 쓰는 전신거울 앞에 섰다.

흰 남방과 갈색 스웨터. 그리고 그 위로 진갈색 자켓을 걸쳤다. 하의는 청바지. 키가 제법 큰 윤우와 무척 잘 어울리는 패션이었다.

"어때, 괜찮아?"

"응. 아아주 멋있네."

영혼 없는 목소리로 대답하는 예린. 여전히 동생은 수상한 눈으로 오빠를 바라보고 있다.

"역시 데이트하는 거 맞잖아?"

"몇 번을 설명하냐. 중요한 약속이 있어서 그런다니까?"

"얼마나 중요한 약속이길래? 오빠가 내 전신거울 쓰는 거 이번이 처음이야. 알아?"

"너 없을 때 많이 썼어."

그렇게 간단히 동생의 입을 막은 윤우는 방에서 나갔다. 그리고 지갑을 챙겨 현관으로 이동했다. 혹시 돈이 빠져있지는 않은지 꼼꼼히 확인했다.

"저녁 잘 챙겨 먹어. 오빠 좀 늦게 들어올 거니까."

"정말 얘기 안 해줄 거야?"

윤우는 예린의 표정이 심상치 않다는 것을 느꼈다.

"휴, 정말 못 말린다니까. 그냥 학원 친구 만나서 저녁 먹고 들어오려는 거야. 네가 생각하는 그런 거 아니라고."

"데이트 맞네."

"마음대로 생각하세요."

씨익 웃은 윤우는 밖으로 나왔다. 예린은 어쩔 수 없었는지 잘 다녀오라고 배웅을 했다.

◆

약속장소는 신촌이었다. 윤우와 가연의 집에서 그리 멀지 않은 최적의 장소였다.

지하철을 탄 윤우는 20분 정도 후에 목적지에 도착할 수 있었다. 휴일이었고, 거닐기에 딱 좋은 날씨라 그런지 사람이 굉장히 많았다.

1번 출구에 올라선 윤우는 주변을 둘러보았다. 회귀한 이후로 처음 와보는 신촌이었다.

기억하고 있는 풍경과 전혀 달랐다. 모든 것이 새로워 보였다. 2000년대 초반이면 신촌이 최고의 전성기를 구가할 때였다. 얼마 뒤면 홍대에 밀려 이곳도 제법 한산해진다.

'지금 옛 추억에 잠겨 있을 때가 아니지. 슬슬 가보자.'

윤우는 조금 더 걸어 백화점 건물 앞까지 이동했다. 그리고 그곳에서 가연이를 기다리기 시작했다.

가연은 약속시간보다 늘 10분 일찍 나오는 아이였다. 학부 때 처음 만날 때도 그랬고, 연인이 되어서도 그랬고, 부부가 되어서도 그랬다. 다른 사람을 밖에서 기다리게 하는 것을 싫어하는 성격이었다.

'정말 보기 드문 사람이었지. 부지런하고.'

그걸 알고 있었기 때문에 윤우는 20분 더 일찍 나와 가연을 기다리고 있는 것이다.

두근── 두근──

심장이 크게, 그리고 빠르게 뛰기 시작했다.

윤우는 자신도 모르는 사이에 긴장했다. 가연과의 데이트는 늘 해오던 것이었지만, 마치 처음 하는 것처럼 새롭고 신선한 느낌이 들었다.

'실수하면 안 되는데.'

그런 생각을 하며 윤우는 차분히 마음을 가라앉히려 노력했다.

가연과 가까워지고 싶다면 오늘 이 기회를 반드시 붙잡아야 했다. 휴일에 이성 친구와 시간을 내어 만난다는 것은 어느 정도 호감이 없지 않고는 불가능한 일이니까.

'침착하게. 늘 하던 대로 하자.'

그러면서도 윤우는 습관적으로 머리카락을 매만졌다. 고개를 내려 옷이 이상하지는 않은지 확인을 했다.

그 의미 없는 짓을 몇 번 반복할 무렵 가연이 모습을 드러냈다. 윤우는 손목을 돌려 시계를 확인했다. 정확히 10분 전이다. 왠지 웃음이 나왔다.

가연은 일전에 윤우를 덮어줬던 그 카디건과 하얀 원피스를 입고 나왔다.

눈부시게 예쁘다.

그녀를 한 눈에 담은 윤우는 머릿속이 텅 빈 것 같은 착각이 들었다. 늘 교복만 입고 있어서 모르고 있었던 가연의 매력이 유감없이 드러나고 있었다.

윤우를 발견한 가연이 손을 흔들었다.

"먼저 나와 있었네?"

"응. 마침 잠깐 근처에 일이 있었거든."

"미안해. 오래 기다린 거야?"

그 말에 윤우는 웃지 않을 수 없었다. 10분이나 일찍 온 사람이 왜 사과를 하는 걸까.

여전히 그녀는 순수하고 착한 사람이었다. 소녀 시절에도 말이다.

"미안하긴. 너도 10분 일찍 나온 거잖아. 얼마 안 기다렸어. 나도 지금 막 왔거든."

"잘 됐네."

부끄럽게 웃는 가연. 윤우는 자신을 바라보며 웃고 있는 그녀의 머리를 쓰다듬어 주고 싶었다. 예전에 그랬던 것처럼.

"아직 저녁 먹기는 이르고, 조금 놀다가 갈까?"

"어디 갈까?"

"나 뭐 살 거 있는데 팬시점 잠깐 갈래?"

가연은 고개를 끄덕이며 윤우 옆에 붙어 섰다. 손을 잡거나 팔짱을 끼진 않았지만, 거리가 무척이나 가까웠다.

윤우와 가연은 사이좋게 걸어 근처에 있는 큰 팬시점으로 들어갔다. 윤우는 펜이 가득 놓인 선반 앞에서 서성이며 무언가를 찾는 척했다.

사실 살 게 있다는 건 과장이었다. 그녀가 좋아하는 고양이 팬시를 자연스럽게 선물할 수 있는 기회를 만들고 싶어서 꾸민 말이었다.

펜을 하나 집어든 윤우는 휴대폰 고리를 보고 있는 가연의 옆에 슬그머니 섰다.

"귀엽네."

"그치? 이거 내가 제일 좋아하는 캐릭터야."

윤우는 고개를 끄덕였다.

'잘 알고 있어.'

빨간 리본을 단 하얀 고양이 팬시. 이름이 '케티'였던가. 얼굴이 몸보다 커서 그런지 무척 귀엽다. 가연은 대학을 다닐 때는 물론 결혼을 해서도 이 팬시를 모으곤 했다.

그러다보니 두 딸아이 생각이 났다. 어머니의 영향을 받아서인지 딸아이들도 이 팬시를 좋아하곤 했다.

가연과 결혼한다고 해서 두 딸아이들을 다시 낳을 수 있는 보장은 없다. 이 점에 대해서는 그 악마 같은 사내도 딱히 대답을 해주지 않았다.

하지만 가연과 결혼하는 것은 아이들을 다시 만나는 최
소한의 필요조건이었기 때문에 윤우는 끝까지 포기하지
않을 생각이었다.

못난 아빠로 남아야 했던 과거를 청산하고, 다가올 행복
한 미래에서 아이들을 다시 만날 것이다.

그렇게 다짐한 윤우는 가연이 만지작거리고 있는 휴대
폰 고리를 살짝 낚아챘다.

"이거 사줄게."

"아냐, 괜찮아. 이거 비싼걸."

확실히 비싸긴 했다. 해외 라이선스 제품이라 로열티가
꽤 많이 붙는다. 가연은 검소한 사람이었기 때문에 과거에
도 비싼 건 손도 대지 않았다.

하지만 윤우는 괜찮다고 생각했다. 가연을 위해서라면.
윤우는 휴대폰 고리를 꼭 쥐었다.

"좀 더 둘러보다 갈까?"

"응."

윤우와 가연은 인형이 진열되어 있는 쪽으로 이동했다.
뒷모습이 무척 다정해 보여서, 남이 본다면 연인으로 오해
를 받을 만했다.

외모도 그랬다. 키가 크고 시원하게 생긴 윤우와 적당한
키에 귀여운 외모를 가진 가연은 정말 잘 어울리는 한 쌍
이었다.

234 NEW
LIFE 1

그래서 그런지 두 사람이 지나갈 때마다 다른 손님들이 그쪽을 흘끗 바라보곤 했다.

커다란 북극곰 인형 앞에서 가연이 멈춰 섰다.

"이 곰 귀엽다. 특히 눈이. 그치?"

"그러네. 엄청 크기도 하고."

"뭔가 많이 먹게 생겼어."

윤우는 북극곰을 안아 팔을 들더니 '어흥' 하고 소리 냈다. 가연을 잡아먹으려는 듯이 말이다. 예상대로 그녀는 웃음을 터트렸다.

"북극곰이 어흥 하고 울어?"

"음, 그럼 어떻게 울지?"

"글쎄?"

그렇게 서로를 바라보던 두 사람은 풋 하고 웃음을 터트렸다.

그렇게 주변 인형들을 모두 둘러본 두 사람은 계산대로 향했다. 윤우는 지갑을 꺼내 볼펜과 휴대폰 고리를 함께 계산했다.

삑—

"8천원입니다."

"여기요."

윤우는 만 원짜리 하나를 점원에게 건넸다.

"포장해 드릴까요?"

"아뇨, 그냥 주세요."

"네, 감사합니다. 손님."

잔돈을 지갑에 넣고 가연과 함께 밖으로 나왔다. 따뜻한
곳에 좀 있었더니 바깥바람이 차갑게 느껴졌다.

"자."

윤우는 손에 들고 있던 휴대폰 고리를 가연에게 주었다.

"고마워."

가연은 작고 예쁜 두 손으로 휴대폰 고리를 받았다. 그
리고 비닐을 벗기고 내용물을 꺼냈다.

"잠깐만."

"왜?"

"이거 달고 갈래."

잠시 멈춰선 가연은 휴대폰을 꺼내더니 고리줄을 연결
했다. 하지만 뜻대로 되지 않는지 줄이 휴대폰 안쪽으로
잘 들어가지 않았다.

"줘 봐. 내가 해줄게."

윤우가 시도했고, 멋지게 성공했다.

케티 고리가 달린 휴대폰을 받아든 가연은 행복한 미소
를 지었다.

"고마워. 잘 쓸게."

"마음에 드니까 나도 기분이 좋네."

그렇게 두 사람은 미리 예약해 둔 파스타 집으로 들어갔

다. 사람이 굉장히 많아서 조금 소란스러운 느낌이 났지만 풍미로 가득한 향기에 취해 금방 배에서 꼬르륵 소리가 났다.

그렇게 두 사람은 각자 취향에 맞게 음식을 주문했다.

음식은 최고였고, 분위기도 그 이상이었다. 대화를 하는 내내 가연은 웃음을 놓지 않았다.

"그런데 윤우는 꿈이 뭐야?"

"꿈?"

"나중에 어른이 돼서 하고 싶은 거라든지. 아니면 목표로 삼고 있는 거?"

생각해 볼 필요도 없는 질문이었다. 윤우는 마음 깊은 곳에 품어둔 자신의 꿈을 여과 없이 말했다.

"교수. 한국대학교 교수."

윤우는 한마디를 더 덧붙였다. 마음속으로.

'그리고 너랑 결혼하는 거.'

물론 가연은 윤우의 마음을 읽지 못했다.

가연은 손뼉을 치며 부럽다는 눈으로 윤우를 바라보았다.

"멋지다. 윤우는 공부를 잘 하니까 분명 교수가 될 수 있을 거야."

"넌 어때?"

"아직 잘 모르겠어. 조금 더 생각해보려고."

윤우는 가연의 꿈을 알고 있다.

평범한 회사에 들어가 평범한 일생을 보내는 것. 그리고 행복한 가정을 꾸려 자애로운 어머니가 되는 것.

그것이 가연의 소박한 꿈이었다.

과거에는 그 꿈을 달성할 수 없었다. 윤우가 오래도록 시간강사 생활을 한 덕에 가정 형편이 넉넉지 못했기 때문이다. 두 딸을 키우는 것만으로도 힘에 부쳤다.

하지만 이제는 다를 것이다. 윤우는 한국대학교 교수가 되기 위한 확고한 계획을 가지고 있었으니까.

물론 그 전에 해내야 하는 일은 많이 남아 있다. 우선은 한국대학교 국문과에 진학하는 것이 최우선 과제였다. 자대 출신이 아니면 한국대에서 교수를 하기가 어렵다. 적어도 국문과에서는 말이다.

식사를 거의 마무리할 무렵, 웨이터가 다가와 친근하게 물었다.

"후식을 준비해 드릴까요?"

윤우는 커피, 그리고 가연은 오렌지 주스를 시켰다. 그렇게 두 사람은 후식을 즐기며 천천히 이야기를 나눴다. 윤우는 이대로 시간이 멈췄으면 좋겠다고 생각했다.

가연과의 첫 데이트 이후, 윤우의 학교생활은 큰 문제없이 순조롭게 이어졌다. 악마 같은 사내가 말했던 '재미있는 일'은 아직 일어나지 않았다.

7반의 축구 예선도 순조로웠다. 3반을 큰 점수 차로 이긴 7반은 그 여세를 몰아 1반에게도 승리를 쟁취했다.

1반과의 시합에서도 윤우는 후반에 교체되어 경기에 뛰었다. 그리고 2골 1어시스트라는 눈부신 활약을 보였다. 여러 멋있는 장면이 연출되었고, 유나리는 그런 윤우의 모습에 더욱 빠져들고야 말았다.

간접적인 애정 표현이 이어졌지만, 가연을 향한 윤우의 마음은 변하지 않았다.

아무튼 윤우의 학급은 준결승에 오르게 되었다. 준결승과 결승은 2학기 중간고사 이후에 시작된다. 때문에 선수들은 휴식을 취하며 중간고사 대비에 보다 열을 올려야 했다.

그것은 핵심 백업 멤버인 윤우도 마찬가지였다.

'이기훈…… 분명 날 이기고 전교 1등을 차지하겠다고 했었지?'

윤우는 손에 쥔 펜을 빙글 돌렸다.

'아마 그 악마 같은 사내가 말했던 재미있는 일 중 하나가 바로 그것일 거야. 하지만 너희들 생각대로 쉽게 되진 않을 거다.'

기훈을 의식한 윤우는 평소보다 더 열심히 공부에 임했다.

자는 시간도 한 시간 줄일 정도로. 밤이 늦었지만 윤우의 방은 언제나 환했다.

가끔 이기훈이 생각날 때마다 조급한 마음이 드는 것은 사실이었다. 하지만 그때마다 중요한 사실들을 떠올리며 마음을 잘 다스렸다.

'중요한 건 등수가 아니야. 성적 그 자체지. 떨어지지 않게 유지하느냐가 중요해. 마음을 비우자.'

확실히 그랬다. 전교 1등은 사실 상징적인 것이지, 대입과는 크게 관련이 없다.

오히려 중요한 것은 주요 과목별 성적이었다. 그것이 떨어지지 않게 유지하는 것이 윤우에게는 더 이익이었다. 얄팍한 도발에 넘어갈 필요가 없는 것이다.

윤우는 집중력을 끌어올려 문제를 풀어 나갔다. 정신이 맑아지며 시야가 넓어졌다.

째깍— 째깍—

초침소리가 들릴 정도로 조용해졌다.

시간이 얼마나 지났을까. 어깨가 뻐근함을 느낀 윤우는 잠시 문제집에서 시선을 떼고 기지개를 폈다.

시계를 확인해보니 시침이 벌써 11시를 넘어 있었다. 첫 시험까지 이제 하루도 남지 않은 것이다.

'이 정도면 해 볼만 하겠어.'

어느 때보다도 자신감이 넘쳐흘렀다. 어떤 문제가 나와

도 해결할 수 있을 것 같았다. 아무리 이기훈이라도 1등자리를 쉽게 내주진 않을 것이다.

띠리링—

그때 휴대폰에서 문자수신음이 들렸다.

집중을 유지하기 위해 이따 확인해 볼까 싶었지만, 윤우는 잠시 쉬기로 하고 폴더를 열었다.

공부 잘 돼?

발신인을 확인한 윤우의 입가에 미소가 맺혔다.

가연이었다.

첫 데이트 이후 서로 주고받는 문자가 많이 늘었다. 윤우가 준비를 철저히 한 덕분이었다. 분명 긍정적인 신호였다. 여자아이들은 먼저 문자를 하는 일이 드무니 말이다.

하지만 그렇다고 해서 실제로 관계가 급진전된 것은 아니었다. 데이트를 하기 이전과 완전히 똑같았다. 특별히 오가는 말도 없었고, 평소와 비슷했다.

그녀가 굉장히 신중한 성격이라는 걸 잘 알기 때문에 윤우는 조바심을 내지 않았다.

그럭저럭. 넌?

잘 안돼ㅠㅠ 낼 모레 셤인데 큰일이다 윤우는 내일이
지?

우는 이모티콘까지 사랑스러운 그녀. 윤우는 흐뭇하게
웃으며 답장을 썼다.

응 내일 시험 보는 건 대충 준비가 끝났어 이제 슬슬
정리하고 자야지 넌 언제 자려고?
아직 멀었어ㅠㅠ 이따 새벽쯤...?
그래도 너무 늦게까지는 하지 마 몸 상하니까
걱정해 줘서 고마워! 셤 잘 보길 응원할게
감사^^ 내일 학원에서 보자~

휴대폰을 닫은 윤우는 한쪽으로 밀어 넣고 다시 문제집
을 보기 시작했다. 가연의 응원을 받아서일까. 오늘따라
문제가 눈에 더 잘 들어오는 윤우였다.

NEO MODERN FANTASY STORY

뉴 라이프

NEW LIFE

Scene #8 Antithese

Scene #8 Antithese

　박성진이 꽤 걱정스러운 표정으로 윤우에게 말을 걸어왔다. 늘 낙천적인 성격이었던 그라 그런 표정은 조금 의외였다.

　"너 들었어? 11반에 엄청난 전학생이 왔다는 거."

　"엄청난 전학생?"

　그렇게 되물은 윤우의 머릿속에 누군가의 이름 하나가 선명하게 새겨졌다.

　"이기훈."

　성진은 고개를 끄덕거렸다.

　"너도 알고 있구나. 걔 짱짱하던데? 아버지가 이성전자 사장이라 집이 완전 갑부인가 봐. 전에 있던 학교에서 계속 전교 1등을 해왔다던데. 왜 우리학교로 전학을 온 건지 도무지 이해가 안 간다니까."

이성전자. 윤우는 이성전자라는 기업에 대해 잘 알고 있었다. 수년 후 전세계의 반도체 시장과 스마트폰 시장을 석권하는 글로벌 기업으로 성장하게 되는 곳이다.

그곳의 사장이라면 분명 대단한 사람일 것이다. 집안은 말할 것도 없고. 하지만 윤우는 가벼이 웃으며 성진의 호들갑을 듣기만 했다.

"큰일이라고. 큰일. 이러다 너 그 이기훈인가하는 녀석한테 1등 뺏기는 거 아냐?"

그 소리에 옆에 앉아 있던 슬아의 시선이 슬쩍 성진 쪽으로 옮겨졌다. 슬아도 석차에 신경을 쓰고 있었던 터다. 말은 하지 않아도 당연히 신경이 쓰일 수밖에 없다.

윤우가 대꾸했다.

"글쎄. 그건 결과를 봐야 아는 문제지."

"오호, 제법 여유가 넘치시는데?"

"전교 등수는 중요하지 않아. 성적이 떨어지지 않는 게 중요한 거지."

성진은 의외라는 듯 눈을 크게 뜬다.

"뭐? 언젠 전교 1등 전교 1등 하더니, 왜 갑자기 마음이 바뀌었어?"

"1등했다고 호들갑 떨었던 건 내가 아니라 너였지 아마."

윤우는 대화를 나누는 도중에도 펜을 놀려 수학 문제를 풀어 나갔다. 문제를 풀면서도 성진과 대거리를 할 정도의 여유는 있었다.

"내 페이스대로 내 갈 길을 가면 돼. 그게 답이고. 물론 쉽게 자리를 내 줄 생각은 없지만."

풀이를 끝낸 윤우는 답을 표시한 뒤 해답지를 펼쳤다. 완벽한 풀이었다. 만족스러운 미소를 지은 윤우는 문제집을 덮어 책상 속에 집어넣었다.

그제야 윤우는 고개를 성진 쪽으로 돌렸다.

"그런데 넌 시험 준비 안 해? 이제 곧 시작할 텐데."

"그런 거 해서 뭐하냐? 난 어차피 대학 갈 생각 없어. 일찍 취업해서 나중에 사업이나 거창하게 할 거다. 빠방하게."

"그래? 나쁘지 않은 생각이네."

비꼬는 말은 아니었다. 윤우는 성진의 선택을 존중했다.

확실히 전생에서도 성진은 대입을 포기하고 바로 사회로 뛰어들었다. 그리고 그 선택은 적중했다.

쾌활한 성격에 관계를 만들어나가기를 좋아하는 성진과 사업이라는 행위가 서로 잘 어울렸던 것이다. 그래서 그는 비교적 어린 나이에 독립하여 사업체를 하나 꾸릴 수 있었다.

이번에도 그런 과정을 거치려는 것이다. 옳은 길이었기에 윤우는 응원해 줄 생각이었다. 적어도 그에게 있어서 대학 졸업장은 허울일 뿐이었다.

잠시 후 감독 선생이 앞문을 열고 들어왔다.

"자, 책상에 있는 거 필통 빼고 전부 집어넣어라. 이상한 짓 하지 말고. 옆쪽 보면 바로 컨닝으로 간주할 테니 주의하도록."

그렇게 상훈고등학교의 2학기 중간고사가 시작되었다.

그로부터 총 4일 동안 윤우는 그간 준비한 대로 최선을 다했다. 중간 중간 고비도 있었지만, 슬기롭게 문제를 해결해 나가며 결과를 기다렸다.

하지만, 기대했던 것과는 다른 결과가 나왔다.

노력은 윤우를 배신하고야 말았다.

며칠 후 알림 게시판에 걸린 전교 석차 공고를 본 윤우는 표정을 굳혀야 했다.

〈1학년 전교 석차〉

1등 - 이기훈(99.4)

2등 - 김윤우(98.9)

3등 - 윤슬아(97.1)

......

......

"허…… 진짜 저 기훈이라는 놈이 1등을 했네."

성진의 중얼거림에 윤우는 아무 대꾸도 하지 않았다. 다만 묵묵히 석차 공고를 바라볼 뿐이다.

하지만 조금 떨어진 곳에서 석차 공고를 보고 있던 슬아는 얼굴이 일그러졌다. 윤우에게 진 것도 모자라 등수가 한 계단 더 내려갔기 때문이다.

"김윤우. 예상대로 자리를 비켜줬구나. 이거 미안해서 어쩐다?"

때마침 이기훈이 모습을 드러냈다. 여전히 오연한 표정이었다. 그는 석차 공고를 한번 훑더니 윤우를 자신만만하게 쳐다보았다.

하지만 윤우는 그 시선을 흘리며 몸을 돌렸다.

"가자."

"응? 어디 가려고?"

"교실로 돌아가야지. 여기서 뭐 하게?"

성진은 조심스레 윤우의 안색을 살폈다. 별로 충격을 받았다거나 화가 난 것 같지는 않았다. 평소처럼 차분하고 침착했다.

뒤쪽에서 이기훈의 목소리가 들려왔다.

"도망치는 거냐?"

"이미 결정된 일에 얽매어 있을 정도로 미련하지는 않아서 말이야."

그렇게 대꾸하며 교실로 향하는 윤우.

아직 기말고사가 남았기 때문에 윤우는 기말고사에서 반전을 노려보기로 했다.

한편 그의 머리는 복잡하게 돌아가고 있었다.

정작 그가 경계하는 것은 전교학생회장 출마에 관한 일이었다. 성적은 점수를 유지하는 것으로도 충분하지만, 학생회장직은 그렇지 않기 때문이다.

이번에 한국대학교에서 발표한 입시정책 때문에 윤우는 더욱 학생회장직을 노려야 하는 상황이 되었다. 학교에서의 활동 내역을 점수로 환산해 반영하겠다는 개편안이 발표된 것이다.

즉, 전교학생회장을 하게 되면 가장 높은 가산점을 받을 수 있는 기회가 열린 셈이다.

'학생회장 선거만큼은 양보할 수가 없지. 철저히 준비해서 반드시 되갚아주마.'

그렇게 다짐한 윤우는 반으로 돌아와 자리에 앉았다.

다음 시간 교과서를 꺼내면서도 계속 생각에 잠겼다. 윤우의 명석한 두뇌가 빠른 속도로 회전하기 시작했다.

그리고 그는 다음과 같은 결론을 내렸다.

'출마 의사를 더 빨리 밝힐 필요가 있겠어.'

윤우는 여유롭게 겨울 방학 쯤 학생회장 출마 의사를 밝히려고 했다. 학생회 내부의 분위기는 좋았다. 누구라도 자신의 출마를 반겨줄 상황이었다.

하지만 이기훈이라는 강력한 변수가 나타난 이상 마음 놓고 있을 수만은 없었다. 먼저 선수를 쳐서 승기를 잡는 것이 좋다고 판단했다.

그렇게 윤우는 방과 후에 학생회장 유명종을 만났다.

"선배. 드릴 말씀이 있는데요."

"음? 얘기해 봐."

"전교학생회장에 출마해 보려구요."

이미 알고 있었다는 듯, 팔짱을 낀 유명종은 씨익 웃어 보였다.

"언제 그 말 하나 싶었어. 아무튼 잘 생각 했어. 너라면 잘 해낼 거다 분명."

"감사해요."

"그런데 부학생회장은 누구로 할 거야? 동반 출마라 정과 부를 각각 정해야 해. 나도 작년에 민경이랑 같이 출마를 했거든. 경쟁자가 없어 찬반 투표로 끝났지만 말이야."

거기까지는 아직 생각하지 못했다. 성진을 후보에 올려 보기도 했으나 그의 성격상 이런 자리는 어울리지 않았다. 오히려 역효과가 날 수도 있었다.

"그건 좀 더 생각해 볼게요. 아직 생각해 둔 사람은 없어서……."

"그래? 하긴, 아직 시간이 충분하니까 벌써 서두를 필요

는 없지. 정해지면 말해. 내가 도움이 될 만한 얘기를 많이
해줄 테니까. 아차, 중요한 걸 잊었구나."

유명종은 회장 책상 서랍에서 종이 하나를 꺼냈다.

"그건 뭐죠?"

"아주 중요한 서류야. 학생회장이 되기 위한 첫 관문인
셈이지."

윤우는 서류의 상단을 주목했다. '추천인 명부'라는 제
목이 붙어 있다.

"여기에 우리 학교 재학생 100명 이상의 서명을 받아
와야 해. 그래야 출마할 수 있어. 얼핏 쉬워 보이지만 꽤
까다롭다고. 시간 날 때마다 받으러 다녀야 할 거야."

유명종은 펜을 들고 서류의 맨 위에 자신의 이름과 반,
서명을 넣었다. 그리고 윤우에게 종이를 건네주었다.

"내가 첫 번째 추천인이네. 모쪼록 행운을 빈다."

윤우는 받아든 종이를 잘 접어 가방에 넣었다.

전교학생회장을 향한 윤우의 첫 행보가 시작되는 순간
이었다.

윤우는 버스에서 내렸다. 그 앞으로 한국대학교 본부 건
물이 펼쳐져 있다. 우측으로는 학생회관이, 그 뒤로는 자

연대 건물이 보였다.

'정말 오랜만이구나.'

윤우가 한국대학교를 찾은 이유는 소진욱 교수가 답장을 보내왔기 때문이었다. 토요일 오전에 연구실로 찾아오면 만날 수 있다는 답장을 받은 윤우는 짬을 내 이곳에 왔다.

약도나 교통편을 따로 찾을 필요는 없었다. 전생에 지도교수를 만나기 위해 자주 왔었으니까.

'생각보다 변한 건 별로 없네.'

그렇게 생각하며 윤우는 주변을 둘러보았다. 그러더니 본부 건물 앞쪽으로 걷기 시작했다.

토요일이라 그런지 학생들은 많이 없었다. 버스 정류장과 중앙도서관으로 이어진 길을 걷는 몇몇 학생들이 보일 뿐이었다. 대체로 한산했다.

'이곳을 지나치면 연못이 있었지. 이름이 자하당이었던가.'

윤우의 생각대로 대학본부를 지나치니 넓은 연못 하나가 보였다. 잔잔한 녹색 물결 위로 꽃잎과 단풍잎이 둥실 떠다니고 있다. 잠시 멈춰선 윤우는 연못을 바라보며 한숨을 돌렸다.

좋은 풍경이었다. 윤우는 마음속까지 깨끗해지는 느낌이 들었다. 하지만 그 와중에도 소진욱 교수와 나눌 이야기를 머릿속에 정리하고 있었다.

'논문 기초자료는 모두 모았어. 장학금 덕에 참고문헌도 많이 모을 수 있었고. 이제 논문을 쓰기만 하면 되는데······.'

문제는 소진욱 교수가 자신을 도와줄 것인가였다. 특별기고 형식으로 논문을 싣지 못하면 애꿎은 시간만 날리기 때문에 확답을 들어야 했다.

'성공 확률은 높아. 그는 일제강점기 소설론으로 박사논문을 쓴 사람이야. 민태원에 관한 연구라면 솔깃해하겠지. 무엇보다도 내가 할 수 있다는 걸 확실히 보여준다면 문제는 없어.'

윤우는 소진욱 교수와 만나 보고 그 결과에 따라 논문에 착수하기로 했다.

그렇게 인문관으로 들어선 윤우. 건물 안엔 아무도 없는지 고요하기만 했다. 3층으로 올라갈 때까지 아무도 지나치지 않았다.

3층으로 올라선 윤우는 복도를 걸어 소진욱 교수의 연구실 문을 노크했다.

똑똑—

"들어와요."

젊은 목소리가 들렸다. 문을 열고 안으로 들어간 윤우는 당당히 서서 인사했다.

"안녕하세요, 선생님."

윤우는 의도적으로 교수님이라는 호칭을 사용하지 않았다. 그가 교수라는 호칭을 싫어한다는 걸 미리 알고 있었기 때문이다. 한국대 국문과 교수들은 교수 호칭을 좋아하지 않는다.

"오, 네가 김윤우 학생? 이거 반갑군 그래."

"처음 뵙겠습니다. 상훈고등학교 1학년 김윤우라고 합니다. 메일은 제가 보냈습니다."

"그래, 알고 있어. 흥미롭게 잘 읽었지."

30대 중반의 젊은 학자가 의자에서 일어서며 윤우를 맞았다. 파란색 와이셔츠를 반쯤 걷은 사내의 머리엔 새치가 몇 가닥 보인다. 뿔테 안경을 끼고 있어서 그런지 학구적인 분위기가 물씬 풍겼다.

그의 외모를 살펴보며 윤우는 잠시 연도를 따져보았다. 지금이 2000년이니, 아마 그가 한국대 교수로 임용된 지 얼마 안 됐을 시기다.

"그렇게 서 있지만 말고 이쪽으로 앉아."

윤우는 그가 가리키는 곳에 앉았다. 일단은 신기한 척하는 표정으로 주변을 둘러보았다.

맨 상단에는 '개벽'을 비롯한 고잡지(古雜誌)들이 늘어서 있고, 맨 하단에는 검은 양장으로 된 논문들이 빼곡하다. 중간에는 섹션별로 전공서적들이 늘어서 있다.

'왠지 옛날 생각이 나는데?'

눈에 익은 책들이 굉장히 많았다. 윤우가 한번쯤은 모두 읽었던 책들이었다. 소설 단행본을 비롯하여 문학사, 현대소설이론, 소설미학에 관한 책들이 잘 정리되어 있었다.

제목을 보는 것만으로도 목차와 내용이 떠오를 정도였다. 그만큼 윤우는 공부와 연구를 게을리 하지 않았던 학자였다. 비록 학력 때문에 교수로 채용되지는 못했지만 말이다.

마주 앉은 소진욱 교수가 먼저 운을 뗐다.

"참, 내 정신 좀 봐. 손님이 왔는데 아무것도 내질 않았군. 윤우 학생처럼 어린 친구는 처음이라 뭘 대접해야 할지 모르겠어. 녹차? 아니면 커피?"

"커피가 좋아요."

"괜찮겠어? 커피는 청소년기 성장에 안 좋다는 얘기가 있던데."

"클 만큼 컸는데요, 뭘."

농담 섞인 말에 소진욱 교수가 환하게 웃었다. 확실히 윤우는 키가 또래에 비해 컸다.

"그래, 그래. 그럼 앉아서 잠시만 기다리지."

소 교수가 마실 것을 준비하는 사이 윤우는 옆에 있는 책장에서 루카치의 '소설의 이론'을 꺼냈다. 학부 시절 표지가 닳을 정도로 읽었던 책이다.

'참 난해했던 책이었는데.'

쓸쓸한 미소를 지으며 책장을 넘기는 윤우. 그 와중에 주머니에 손을 찔러 넣고 다른 손으로 커피포트를 든 소 교수가 의아한 목소리로 물어왔다.

"문학에 흥미가 많나 봐? 메일을 읽었을 때 그런 느낌이 들긴 했는데. 하지만 윤우 학생 손에 있는 그 책은 고등학생이 읽기엔 난해한 책이지."

"예. 전에 한번 읽어본 적이 있는데 역시 어렵더라고요."

그 말에 소 교수의 두 눈에 흥미가 어렸다.

"읽어봤다고?"

"'소설은 성숙한 남성의 형식이다' 이 말이 가장 마음에 와 닿더라고요. 물론 제 지식이 짧아 의미는 명확히 이해하지 못하겠지만요."

소 교수는 허허 하고 웃었다. 믿을 수 없다는 그런 웃음이었다.

"고등학생이 이해할 수 있는 게 비정상이지. 그 시기의 담론을 이해하지 못하면 독해가 불가능한 대목이니."

물론 윤우의 이해력은 풍부했다. 하지만 모르는 척 하는 것이 소 교수의 흥미를 더 끌 수 있을 거라 판단한 것이다.

잠시 후 소 교수가 커피 두 잔을 테이블로 가져왔다. 그리고 한 잔을 윤우에게 건넸다.

"감사합니다."

"그래. 그럼 슬슬 메일에 보냈던 이야기를 해 볼까? 미안하지만 내가 이따 약속이 있어서 시간을 오래 내 줄 수 없거든."

기다리고 있던 말이었다.

커피를 한 모금 들이켠 윤우는 가방을 열고 미리 인쇄해 둔 A4 묶음을 꺼내 소 교수에게 건넸다. 소 교수는 그것을 담담히 받아들었다.

"흐음, 이건 뭐지?"

"연구계획서입니다."

건성으로 인쇄물을 넘기던 소 교수의 손이 멈칫했다.

"연구계획서? 윤우 학생이?"

윤우는 어깨를 펴고 당당히 말했다.

"단도직입적으로 말씀을 드리는 게 서로 편할 것 같네요. 제가 논문을 쓰고 싶은데요. 제가 알기로 학회에 논문을 게재하려면 회원 자격이 있어야 한다고 해서요."

소 교수는 고개를 끄덕였다. 그가 알고 있는 모든 학회의 회칙이 그렇게 되어 있었으니까.

"하지만 전 고등학생이고 학회 회원이 아니에요. 그래서 선생님의 도움을 받고 싶은 거예요."

"내 도움?"

"네. 특별기고 형식으로 학회지에 논문을 실을 수 있나 해서요."

"특별기고라……."

"학회는 한국현대문예학회 정도를 생각하고 있어요."

소 교수의 두 눈이 빛났다. 아무리 생각해도 윤우가 허풍을 떨고 있는 것 같지는 않았다. 특별기고 제도와 학회의 이름을 제대로 알고 있었다.

'이 학생은 도대체 뭐하는 학생이지?'

그런 생각이 들 만했다.

한국현대문예학회는 한국대 출신들 위주로 구성되어 있는 전통 있는 학회였다. 회원 수도 최대 규모였고, 발간하는 논문마다 모두 피인용이 자주 이루어지는 그런 우수한 곳이었다.

그곳에 고등학교 1학년인 학생이 논문을 게재하겠다고 나섰다. 그것도 연구계획서를 들고 말이다.

일단 소 교수는 연구계획서의 제목을 훑었다.

"민태원이라……."

민태원에 대한 연구는 거의 이뤄지고 있지 않은 실정이었다. 사실 중·고등학교에서나 그의 작품을 다루는 편이지 대학에서는 거의 언급될 일이 없다.

때문에 소진욱 교수도 민태원에 대해 많이 알고 있지 않았고, 그만큼 윤우의 연구계획서에 큰 흥미를 느낄 수밖에 없었다.

그는 눈을 움직여 빠르게 연구계획서를 읽었다.

"번역과 번안 위주였던 우리나라의 장편 과학소설 중 '오색의 꼬리별'이 국내 작가에 의해 창작된 첫 번째 작품이라고 생각된다라…… 근거는?"

소 교수가 묻자 윤우가 즉시 답했다.

"1934년 6월 22일자 동아일보를 보면 민태원의 부고 기사가 실려 있습니다. 거기에 '오색의 꼬리별'이 창작 작품으로 분류가 되어 있지요."

"그게 사실인가?"

윤우는 가방에서 자료집을 꺼냈다. 플래그로 표시를 해놓은 곳을 펼쳐 소 교수 앞에 들이밀었다. 윤우가 말한 기사가 인쇄되어 있었다.

"정말이군."

"기사를 보면 아시겠지만 작품 목록에 번역소설과 창작소설이 명확하게 구분되어 있지요. 창작이라고 보는 게 타당할 겁니다."

소 교수는 유능한 학자였다. 그것이 번역이냐 창작이냐를 구분할 수 있는 명확한 단서가 되기엔 부족하다는 사실을 잘 안다.

하지만 윤우도 연구로는 잔뼈가 굵은 사람이다. 그랬기에 그는 소 교수보다 한발자국 앞서 자신의 견해를 밝혔다.

"하지만 그걸로는 부족하죠. 민태원이 활발한 번역 활동을 했기 때문에 다른 작품의 영향을 받았을 가능성을 배

제할 순 없습니다."

"그렇지."

"그래서 전 번역된 작품이라는 가정 하에 수용관계도 밝혀볼 생각입니다. 당시엔 일본 쪽에서 소설이 많이 들어 왔으니 비슷한 내용의 소설을 찾아보면 될 겁니다."

타당한 설명에 소 교수는 고개를 끄덕였다.

"그래. 확실히 그런 비교문학적인 접근이 필요하지. 그 나저나 이거 신기한데? 윤우 학생은 단지 고등학생일 뿐 인데, 마치 대학원생과 이야기를 나누는 느낌이야."

"나이와 신분이 중요한 게 아니죠. 얼마나 관심이 있느 냐에 대한 문제라고 생각합니다."

"그런가?"

허탈하게 웃은 소 교수는 다시 윤우의 연구계획서에 주 목했다.

"작품 초반에 내선일체론을 형상화한 부분이 보인다 고?"

"예. 이 소설은 1930년대 발표된 소설이에요. 느낌상 1930년대 중반에 있었던 만주사변과 연관을 지어 생각해 야 한다고 봅니다."

"근거는?"

윤우는 자료집의 페이지를 넘겼다. 또 다른 기사가 스크 랩돼 있었다.

"민태원은 사망 직전까지 만주에 많은 관심을 가지고 있었어요. 실제로 기사를 남기기도 했고요. 보세요. 이건 1933년 1월 1일부터 24일까지 매일신보에 연재된 기사입니다. '신흥만주국의 제상(諸相)'이라는 제목이죠."

자료를 훑어본 소 교수는 어처구니없다는 듯 웃었다.

"하하, 믿을 수가 없군. 어떻게 이런 일이."

윤우의 추론은 타당했고, 아무리 봐도 고등학생이 추진할 만한 내용은 아니었다.

음, 하고 헛기침을 한 소 교수가 진지하게 물었다.

"그래서 결론은, '오색의 꼬리별'이라는 작품으로 연구 논문을 쓰겠다는 건가?"

"그렇습니다. 그러기 위해서는 선생님의 도움이 필요하고요."

"허허, 이걸 어쩐다……."

소 교수는 턱을 괴고 생각에 잠겼다.

분명 흥미로운 주제이기는 했다. 하지만 윤우의 신분이 너무 애매했다. 지금까지 고등학생이 학술지에 논문을 발표한 사례는 전무했다.

특별기고를 하기 위해서는 자신의 추천이 필요한 것은 사실이었다. 윤우가 발표한 논문이 학계에 미치는 영향은 차치하더라도, 매스컴에서 이를 다룰 수도 있는 일이었기 때문에 신중히 판단을 해야 했다.

잘못하면 한국대 교수로 임용된 지 얼마 안 된 자신의 명성에 흠집이 남을 수도 있다.

하지만 생각해보면 그 반대일 수도 있다. 학계의 유망주를 발굴해 낸 주인공이 될 수도 있는 일이었다.

"하나 물어도 되나?"

"네."

"왜 하필 나를 찾아온 거지? 한국대엔 다른 선생들도 많이 있을 텐데."

이 질문이 나올 줄 알았던 윤우는 여유롭게 웃으며 답했다.

"조사해보니 선생님께서 일제강점기 소설론으로 박사 논문을 쓰셨더라고요. 그렇다면 이 연구에 대해 가치를 조금 더 잘 알아주시지 않을까 해서 메일을 보낸 겁니다."

유창한 대답에 소 교수의 마음이 조금 움직였다. 긍정적인 방향으로 말이다.

"좋아. 잘 알겠어. 윤우 학생의 집념에 감동할 수밖에 없군. 일단 학회에 문의를 해 볼 테니 답장을 기다리도록. 긍정적인 대답을 줄 수 있을지는 모르겠다만."

"감사합니다. 잘 부탁드려요."

허리 숙여 인사를 한 윤우는 소진욱 교수의 연구실을 나섰다.

놓칠 수 없는 기회였다.

한국대 국문과에 자신의 이름을 각인시키는 것은 물론, 학교에서 유명인사로 만들어 줄 절호의 기회.

이제 주사위는 던져졌다.

윤우는 차분히 소진욱 교수의 메일을 기다려 보기로 했다.

점심 식사를 마친 윤우와 성진은 축구 준결승 시합을 대비하기 위해 연습을 나섰다.

그런데 윤우는 조금 내키지 않는 기색이다.

"나 꼭 나가야 되냐?"

"뭐냐, 그 김 샐 것 같은 얘기는?"

"아니, 철성이 다리 다친 것도 다 나았는데 백업인 내가 뛸 필요는 없잖아."

윤우는 아무래도 경기가 부담스러웠다. 체력적인 문제 때문이 아니라 그 시간에 책을 보는 게 더 나았기 때문이다.

기말고사에서 전력투구를 해 학기 석차에서 이기훈을 누른다. 이것이 현재 윤우가 세운 목표였다. 쉽지는 않겠지만 손 놓고만 있지는 않을 것이다.

"너도 징하다 진짜. 하긴. 중간고사 끝난 날부터 기말고사를 준비한 놈은 우리 반에서, 아니 우리나라에서, 아니 은하계에서 너밖에 없겠지."

"안타깝지만 나 말고도 슬아도 그랬다."

"헐, 이거 굉장한 커플인데?"

그렇게 말한 성진은 의미심장하게 웃었다. 성격은 밥맛 이었지만, 외모로만 따지면 슬아도 윤우와 잘 어울렸으니 까. 은근히 상훈고의 여신으로 통하는 그녀였다.

그런 그녀와 짝이 되다보니 윤우를 질투하는 남학생들 이 꽤 많았다. 당연히 윤우 입장에서는 그 시선이 불편하 기만 했다.

"슬아 앞에서 그런 얘기는 하지 마라. 잊지 마. 사람의 목숨은 하나야."

"네 앞에선 해도 되고?"

"하지 마. 그냥."

"그럼 나리 앞에서는? 오, 그거 재미있겠다. 그런데 말 이 나와서 하는 말인데 웬만하면 나리 마음 좀 받아주지 그래? 너 어차피 솔로잖아."

윤우는 씁쓸히 웃었다. 나리가 자신을 좋아한다는 사실 은 이제 반에서 모르는 사람이 없을 정도다.

하지만 윤우는 나리의 마음을 받아주지 않았다. 그녀가 마음에 들지 않아서는 아니었다. 워낙 가연에 대한 마음이 확고했기 때문이다.

"정중히 거절했다."

"헉, 정말?"

"그래. 저번 주에."

실제로 그랬다. 나리가 좋아한다고 고백을 해왔지만, 윤우는 정중히 거절했다. 당시에 나리는 실망했지만 포기하지는 않은 기색이었다.

성진이 고개를 끄덕이며 말했다.

"그래서 나리가 요새 풀이 죽어 있었던 거군. 와 근데 너 진짜 뭐 숨겨둔 여친이라도 있냐? 나리 정도면 정말 괜찮을 애인데. 은근히 나리 좋아하는 놈들도 많다고."

오늘따라 짓궂은 성진이었다. 이럴 때는 상대를 하지 않는 게 상책. 윤우는 입을 굳게 다물었다.

그런데 그때, 운동장 구석 벤치에 앉아 있는 누군가의 모습이 보였다. 자세히 보니 슬아였다. 머리카락을 풀고 있어서 그런지 한눈에 알아보지 못했다.

문득 윤우는 예전 학생회 모임 때 머리를 풀고 다니는 게 더 낫다고 말했던 그 장면이 떠올랐다. 그러고 보니 요즘 슬아가 머리를 풀고 다니는 횟수가 꽤 빈번해진 것 같다.

'설마, 그것 때문은 아니겠지?'

윤우는 고개를 가로 저었다. 슬아는 누가 봐도 자신을 싫어했으니까.

그렇게 슬아를 물끄러미 바라보고 있던 윤우는 고개를 갸웃했다. 이상하게 표정이 우울해 보였기 때문이다. 평소에 자신만만했던 그 기색은 조금도 보이지 않았다.

'시험 결과 때문인 건가? 하긴, 나도 그렇지만 이기훈 때문에 상처를 크게 받았겠지.'

그렇게 생각한 윤우는 잠시 걸음을 멈췄다. 슬아의 마음을 조금 풀어줄 필요가 있다고 생각했다.

'그리고 기회가 된다면 재미있는 제안을 한 번 해봐야겠어.'

그렇게 마음을 먹은 윤우는 앞서 걷던 성진에게 말했다.

"잠깐 먼저 가 있어. 어디 좀 들렀다 갈 테니까."

"어디 가는데?"

"화장실."

성진은 의심의 눈초리를 날렸다.

"도망치지 말고 언넝 와라."

"알았어."

손을 들어 보인 윤우는 그 길로 슬아가 앉아 있는 곳으로 향했다.

때는 가을, 낙엽이 바람을 타고 흩날리는 계절이었다. 외로이 앉아 있는 슬아의 주변엔 바람을 이기지 못하고 떨어지는 낙엽이 가득했다.

"……."

슬아는 멍한 눈으로 고개를 들어 떨어지는 낙엽을 바라보았다. 아무 생각도 들지 않았다. 오로지 하나의 생각만이 그녀의 머리를 지배하고 있었다.

'왜 1등을 할 수가 없는 걸까.'

이번 중간고사는 지금까지 해왔던 것보다 서너 배 더 열심히 준비를 했다.

말 그대로 자는 시간까지 줄여가면서 공부를 했다. 교과서를 통째로 외웠고, 문제집도 과목마다 다섯 개 이상씩을 풀었다. 오답노트는 기본이었다.

그런데 3등에 머물고 말았다.

'믿을 수가 없어.'

그녀는 고등학교에 입학하기 전까지 1등을 놓쳐본 적이 없는 수재였다. 저번 학기에는 2등, 그리고 이번학기에는 3등을 했다. 현실이 어색하고 이질적이기만 했다.

그때 그림자가 드리워졌다. 동시에 뭔가가 머리카락에 닿는 느낌이 들었다.

"응?"

살짝 놀란 슬아가 고개를 돌리자, 머리 위에 떨어진 낙엽을 치워주는 윤우의 모습이 보였다.

"……뭐야?"

윤우는 낙엽을 던지더니 슬아의 옆자리에 앉았다. 슬아는 노골적인 불쾌감을 표했으나 윤우는 천연덕스럽기만 하다.

"아니, 그냥 지나가다가 보이길래 뭐하나 싶어서. 표정도 안 좋아 보이고."

슬아는 옆으로 살짝 자리를 옮겼다. 벤치가 넓은데 굳이 붙어 앉을 필요성을 느끼지 못했던 것이다.

"고민 있나봐?"

"남의 일에 참견하지 말고 가던 길이나 가."

"오늘은 좀 봐주라. 귀찮아서 그래."

윤우가 한숨을 내쉬자 슬아가 그를 흘겨보았다.

"아니, 그게…… 지금 돌아가면 축구 연습을 해야 하거든. 내일 모레 준결승 경기가 있으니까. 그런데 뛰기는 싫고 좀 그래서."

"웬일이래? 너 나서는 거 좋아하는 사람이잖아."

"내가?"

윤우가 허탈하게 웃으며 슬아 쪽으로 고개를 돌렸다. 물론 슬아는 시선을 피했다.

"수업시간에도 그렇고 축구할 때도 그렇고…… 명종 오빠한테 들었어. 전교학생회장에 출마한다면서? 의외네. 중학교 때는 안 그랬었는데."

슬아의 말이 맞았다. 과거 윤우는 소극적인 학생이었다. 수업시간에 질문을 한 번도 해본 적이 없고, 뭘 할 때도 뒤에서 묵묵히 관망할 뿐이었다.

하지만 지금은 완전히 다르다. 수업 때마다 윤우는 집요하게 질문을 했고, 무슨 일이 벌어지면 반장으로서 앞장서곤 했다.

팔짱을 낀 윤우는 다리를 꼬며 여유롭게 대꾸했다.

"학생회장에 출마한 건 뭔가 재미있는 일을 해보고 싶어서야. 학교는 공부만 하려고 다니는 곳은 아니잖아."

"그래서?"

"그래서라니?"

"하고 싶은 말이 뭔데? 중간고사에서 나를 이겼으니까 자랑이라도 하고 싶은 거야? 그렇다면 아주 잘 찾아왔네. 딱 타이밍 좋게."

날이 잔뜩 서 있는 말이었다. 당장이라도 싸움이 일어날 것 같은 상황.

윤우는 씁쓸한 표정을 지었다. 중간고사 얘기가 나온 덕에 슬아가 왜 이렇게 어두운 표정을 하고 있는지 단번에 알 수 있었다.

"학교는 1등만 하려고 다니는 곳은 아니잖아. 돌이켜보면 재미있는 일이 많다고."

45세까지 살았던 윤우는 잘 안다. 아무렇지도 않게 흘려보냈던 학창 시절이 얼마나 눈부신지를. 얼마나 많은 가능성을 품고 있는지를.

'그때로 돌아갈 수만 있다면.'

그렇게 생각해보지 않은 사람들은 아마 아무도 없을 것이다. 그것은 윤우도 마찬가지였다.

"속 편한 소리 하지 마."

"속이 편하다니. 당연히 나도 속은 좀 쓰리지. 너도 알잖아. 이기훈이 1등한 거. 알고 보면 너랑 나랑 같은 신세라고."

윤우는 한숨을 내쉬었다. 진솔한 한마디에 슬아의 시선이 절로 그쪽으로 향했다.

만약 윤우가 1등을 차지했다면 이런 말이 통하지 않았을 것이다. 그러나 크게 보면 윤우도 자신의 처지와 같다. 그의 말대로 윤우도 1등에서 2등으로 밀려났으니까.

슬아의 태도가 조금 변한 것은 그런 생각이 들기 시작할 무렵이었다.

윤우가 이어 말했다.

"그래도 지난 일은 어쩔 수 없는 거잖아. 아무리 애써 봐도 되돌릴 수는 없다고. 마음을 비우고 앞으로의 일을 준비하는 게 훨씬 낫지."

"으스대지 마."

"잘난 체하는 게 아니라 친구로서 조언해 주는 거야."

윤우는 차분히 대꾸했다. 그래서일까. 슬아는 무언가 톡 쏘려다 말고 입을 꾹 다문다.

"지나가면 다 아무렇지도 않은 일이 될 텐데. 힘든 일들도 다 추억이 되겠지. 넌 지금도 잘 하고 있잖아? 앞으로도 잘 할 거고."

"역겹다 정말. 고등학생 주제에 어른인 척 하지 마."

"아, 미안."

윤우는 사과하며 미소를 지었다. 확실히 고등학생이 해줄 말은 아니었다.

그 와중에 윤우는 전생에 슬아가 한국대학교 영어영문학과로 진학한다는 것을 기억해냈다. 그곳은 슬아의 목표이기도 했다. 흔들리지만 않으면 그녀는 목표를 이룰 수 있을 것이다.

윤우는 웃었다. 왠지 말을 꺼내기가 어려워졌기 때문이다. 내가 미래에서 왔으니 나만 믿고 지금처럼만 열심히 해라, 이런 이야기를 할 수는 없었으니까.

잠시 침묵이 돌았고, 먼저 윤우가 운을 뗐다.

"넌 한국대 영문과가 목표지?"

슬아의 눈이 움찔했다.

"어떻게 알았어? 담임쌤이 얘기라도 한 거야?"

"아니, 그냥 어쩌다보니 알게 됐지. 걱정하지 마. 넌 한국대에 진학할 수 있을 거니까."

"부탁인데, 더 이상은 남 일에 참견하지 말아주라."

그렇게 쏘아낸 슬아가 자리에서 일어섰다. 윤우는 물러

서지 않고 대꾸했다.

"넌 학교 다니는 게 재미가 없어 보여."

"맞아. 재미 하나도 없어. 누구 때문에 말이야."

그 누구가 자신이라는 것은 잘 안다. 씨익 웃은 윤우도
자리에서 일어섰다.

"그럼 내가 학교 다니는 걸 재미있게 만들어줄까?"

슬아가 고개를 돌려 윤우를 노려보았다. 윤우는 기회가
왔음을 직감했다.

이 이야기를 꺼내기까지 정말 고민을 많이 했다. 그녀가
받아들일 확률이 너무 적었기 때문이다. 하지만 그녀만한
사람은 또 없다고 생각했다.

잠시 뜸을 들인 윤우가 본론을 꺼냈다.

"윤슬아. 나랑 학생회장 선거에 같이 출마해보는 게 어
때?"

"뭐?"

슬아는 잠시 얼어붙었다. 윤우의 제안은 꿈에도 생각지
못하던 것이었다.

윤우로서는 큰 모험이었다. 자존심이 강하고 자신을 라이
벌로 생각하는 슬아가 이런 제안을 받아들일 리가 없었기
때문이다. 하지만 생각해보면 슬아만한 적임자는 없었다.

무엇보다 슬아는 공부를 잘 한다. 윤우가 아니었다면 전
교 1등은 따 놓은 당상이었을 것이다. 또한 그녀는 예쁘다.

그녀를 좋아하는 남학생들이 셀 수도 없을 정도로.

그런 요소들을 생각해 볼 때 이기훈에게 맞서기 위해서는 반드시 그녀의 힘을 빌려야 했다. 물론 이기훈이 어떤 파트너를 데리고 나올지는 모르지만 말이다.

"김윤우. 너…… 점심 먹은 거 잘못된 거 아냐? 축구 연습보다는 양호실에 먼저 들러야 할 것 같은데."

그렇게 매몰차게 거절한 슬아는 본관 쪽으로 걸음을 옮겼다. 윤우는 멀어져가는 그녀의 뒷모습을 묵묵히 바라보기만 했다.

하지만 그는 미소를 잃지 않았다. 슬아가 자신의 제안을 듣고 잠시나마 고민을 했다는 것은, 일말의 가능성이 아직 남아있다는 것을 의미하니까.

그렇게 윤우도 성진이 기다리고 있는 운동장으로 걸음을 옮겼다.

점심시간을 5분여 정도 남기고 축구 연습이 끝났다. 윤우와 성진은 얼굴과 목을 대강 씻고 수건으로 물기를 닦아냈다.

"후우, 연습 시간이 너무 짧아서 안 되겠어."

"그럼 학교 끝나고 하든지."

"끝나고는 피시방 가야지."

윤우는 피식 웃었다. 성진의 게임사랑은 그 누구도 못
말릴 것이다.

"그나저나 꽤 쓰리네. 아으."

성진은 팔을 굽혀 손등을 살펴보았다. 연습 중 넘어지는
바람에 살이 굉장히 심하게 까졌다. 피가 흘러나와 모래와
뒤섞여 있었다.

"다리 안 부러진 게 어디냐. 양호실에 가 보는 게 좋을
거 같은데?"

성진은 수도꼭지를 돌려 그곳을 살살 물로 헹궈 냈다.
피 묻은 모래가 씻겨 나가니 그나마 좀 보기 나아졌다.

"나 잠깐 양호실에서 약 좀 바르고 갈 테니까 먼저 교실
로 가 있어라. 쌤이 찾으면 대신 말 좀 해 주고."

"그래."

윤우는 수건을 목에 두르고 교실로 향했다.

1학년 7반 교실은 2층에 있었다. 1층 계단을 올라 2층으
로 올라가는 도중, 뭔가 귀에 익은 목소리가 들렸다.

윤우는 계단에서 잠시 멈춰서 왼쪽 복도에서 들리는 목
소리에 귀를 기울였다.

"그렇게 비싸게 굴지 말고. 너한테도 좋은 제안일 텐
데?"

느끼하면서도 정 떨어지는 목소리. 분명 이기훈의 것이었다.

그런데 그의 말엔 무시하고 넘어갈 수 없는 단어 하나가 있었다.

'제안?'

왠지 좋지 않은 예감이 든 윤우는 벽에 조금 가까이 다가가 귀를 기울였다.

"……그러니까 나랑 같이 학생회장 선거에 출마를 하자고."

앞말을 조금 놓치긴 했지만 상황을 파악하는 데 큰 무리는 없었다.

윤우의 경쟁자인 이기훈이 부학생회장 후보로 누군가를 섭외하려는 것이었다.

'도대체 어떤 사람이지?'

윤우는 궁금증이 치솟았다. 하지만 숨죽여 상대방의 대답을 기다렸다. 슬쩍 복도 쪽으로 고개를 내밀어볼까 싶었지만 꾹 참았다.

잠시 후 드디어 상대방의 목소리가 들려왔다.

"난 부학생회장엔 관심 없어. 게다가 학생회장 선거가 김윤우를 이기는 거랑 무슨 상관인지 모르겠는데."

윤우는 깜짝 놀랐다. 분명 윤슬아의 목소리였다.

"7반에서도 윤우한테 져서 부반장하고 있다며? 그러니까 이번 선거에서 나가서 이겨 버리자 이거지. 내가 기꺼이 힘을 빌려줄 테니까."

"힘을 빌려줘? 네가?"

슬아의 비웃음이 들렸다. 당연히 기훈은 그런 비웃음에 굴하지 않았다.

"어차피 넌 공부로는 안 돼. 나한테나 윤우한테나. 그러니까 선거에서라도 이겨보자 이거지."

"하, 너 정말 듣던 대로 밥맛이구나?"

"마음대로 생각해. 학생회장만 될 수 있다면 그 이상의 욕도 받아줄 수 있으니까. 난 누구 아래에 있는 건 딱 질색이라서."

슬아는 어처구니없다는 듯 웃었다. 살다 살다 이렇게 안하무인격인 사람은 또 처음이었다.

그것은 윤우의 생각 또한 마찬가지였다.

'이기훈. 넌 사람 볼 줄은 알지만 사람을 다룰 줄은 모르는구나.'

윤우의 예상은 적중했다.

기훈과 슬아의 대화는 타협점을 찾기는커녕 분위기만 험악해지고 있었다.

찍어 누르려는 기훈의 화법이 슬아의 상처를 건드린 것이다. 결국 슬아는 대꾸 없이 곧장 7반 교실로 들어가 버렸다.

윤우는 미소를 지었다. 그것은 분명 윤우에게 있어 긍정적인 신호였으니까.

'이기훈 덕분에 오히려 일이 잘 풀릴 수 있겠는데?'

그렇게 생각한 윤우도 복도를 돌아섰다. 1학년 7반 교실 안으로 들어서 슬아의 옆에 앉았다.

'화가 잔뜩 났구나.'

슬아의 얼굴에 홍조가 가득 피어 있었다. 모아 쥔 손이 부들부들 떨리고 있었다. 그럴 만도 했다. 기훈의 언행은 도를 지나쳤으니까.

윤우는 다음 시간표를 확인하고는 수학 교과서를 꺼냈다. 그런데 바로 그때.

"김윤우."

윤우는 고개를 오른쪽으로 돌렸다. 슬아는 이미 이쪽을 바라보고 있었다. 눈에 독기가 가득하다.

하지만 슬아는 조금 머뭇거렸다. 윤우는 차분하게 그녀의 말을 기다려 주었다.

"아까 했던 제안, 아직도 유효해?"

"학생회장 선거를 말하는 거라면, 아직 유효해."

"그럼 같이 해. 부학생회장에 출마하겠어."

윤우가 의외라는 표정을 지어 보이자, 슬아가 다급히 한마디를 덧붙였다.

"오해는 하지 마. 너를 도와주려고 하는 건 절대 아니니까."

윤우는 왜 마음이 바뀌었는지 묻지 않았다. 다만 마음속으로 기훈에게 감사의 인사를 전할 뿐이다.

윤우는 아무 말 없이 서랍에서 종이 한 장을 꺼냈다. 추천인 명부였다. 맨 위에 출마자에 윤우의 이름이 적혀 있었고, 그 밑 부학생회장 자리는 공석이다.

"이 위에 이름이랑 싸인해 줘."

슬아는 종이를 받아들고 그 공석에 자신의 이름과 서명을 넣었다.

그리고 그날 오후 윤우는 학생회장 유명종에게 부학생회장으로 윤슬아가 출마하게 되었다고 알렸다.

출마 사실이 공식적으로 알려지자 학생회에서 긍정적인 반응이 쏟아졌다. 학생회의 주역으로 떠오른 윤우와 슬아가 함께 출마한다는 사실에 다들 박수를 치며 응원해 주었던 것이다.

"아무튼, 우리들이 도와줄 수 있는 데까지 도와줄 테니까 힘 내봐라."

"고맙습니다, 명종 선배."

슬아는 아무 말도 하지 않았다. 아직까지도 기훈 때문에 쌓인 분노가 덜 풀린 모양이다.

그렇게 회의가 마무리되고, 모든 학생회 임원들이 학생회실에서 빠져나갔다. 그런데 슬아는 자리를 지키고 앉아 무언가를 생각하고 있었다.

"안 가?"

"아니, 가야지."

슬아가 가방을 들고 일어섰다. 뒷정리는 윤우의 몫이었
기 때문에, 슬아가 나가는 것을 확인하고 문을 걸어 잠갔
다.

그런데 몸을 돌리니 복도 한 쪽에서 슬아가 기다리고 있
었다. 의외였다.

"왜? 뭐 놓고 간 거라도 있어?"

"열쇠는 내가 반납할게. 마침 교무실에 갈 일도 있
고…….."

"고마워."

윤우를 잠시 흘겨본 슬아는 별다른 대꾸 없이 열쇠를 받
아 교무실로 향했다.

그렇게 윤우는 학원에 가기 위해 교문을 나선 뒤 버스에
올랐다. 하교 시간이 한참 지난 뒤였기 때문에 버스는 한
산했다.

의자에 앉은 윤우는 습관적으로 손목을 돌려 시계를 확
인했다. 강의 시작까지는 아직 한 시간이 남았다.

창밖으로 시선을 돌리며 생각에 잠겼다.

'선거 준비는 이제부터가 시작이야. 후보자 등록은 2학
기 기말고사가 끝날 때고, 선거는 내년 3월…… 그 전엔
논문을 완성해야겠는데.'

특별기고가 된다고 해도 논문심사가 필요할 것이다. 보

름 정도 시간이 걸리니 최대한 빨리 써서 심사를 받는 것이 중요하다.

윤우는 자신 있었다. 이미 KCI급 학술지에 40여 편이 넘는 논문을 게재한 그였다. 학회별 심사경향 정도는 머릿속에 꿰고 있었다.

문제는 소진욱 교수가 어떤 결과를 전해주느냐다.

'반응은 좋았는데, 아직 연락이 안 오고 있어. 혹시 일이 틀어진 건가?'

소진욱 교수와 만난 지 일주일이 넘는 시간이 흘렀다. 하지만 그쪽에서는 어떠한 연락도 오지 않았다.

연구 테마를 훔쳐간 것은 아닐까. 그런 생각은 조금도 들지 않았다. 애초에 소진욱 교수를 택한 이유도 그가 굉장히 정직한 학자였기 때문이었으니까.

띠리리링—

한창 버스를 타고 갈 무렵 휴대폰이 울렸다.

'누구지? 이 시간에 전화를 할 사람은 없는데. 소진욱 교수님인가?'

혹시나 했던 윤우는 폴더를 열고 전화를 받았다.

"여보세요?"

– 김윤우 학생 핸드폰인가요?

소진욱 교수는 아니었다. 쾌활한 목소리였다.

"네 맞는데요. 누구시죠?"

- 아아, 반갑습니다. 저는 거산청소년문학상 운영팀 나한석입니다. 잠깐 통화 가능할까요?

"네? 문학상 운영팀이요?"

수화기 너머로 그 말을 듣는 순간 윤우는 가슴이 찌릿해졌다.

고통이 아니라 쾌감이었다.

단순히 문학상 접수를 했다고 이렇게 전화가 오는 일은 없다. 문학계에 오래도록 몸담았던 윤우는 이 전화의 목적을 짐작할 수 있었다.

분명…….

- 축하합니다. 윤우 학생이 이번에 소설 부문에서 금상을 타게 됐습니다.

윤우는 잠시 할 말을 잃었다. 어느 정도 예상은 하고 있었는데 막상 현실로 닥쳐오니 실감이 나지 않았다.

잠시 침묵이 이어졌고, 윤우는 뒤늦게 대답을 했다. 휴대폰 너머에서 '여보세요?' 라는 소리가 들렸다.

"아, 감사합니다."

- 하하, 전화가 끊긴 줄 알았네요. 아무튼 그래서 향후 시상식과 일정을 안내해 드리려고 전화를 했습니다.

"예. 그럼 부탁드릴게요."

나한석은 시상식 일정과 상금 지급에 대해 상세히 설명해 주었다.

비록 대상에 선정되지 못해 해외여행 혜택은 받지 못하지만, 상금으로 주어지는 금액이 무려 200만원이었기 때문에 윤우는 기분이 좋을 수밖에 없었다.

무엇보다도 대상은 기대도 하지 않았다. 잘해야 금상일 거라고 생각했기 때문에 만족감은 최고였다.

– 그럼 윤우 학생. 자세한 사항은 메일로 다시 보내줄게요. 다시 한 번 수상을 축하합니다.

"네, 감사합니다."

그렇게 통화가 끝났다. 윤우는 휴대폰을 접어 주머니에 넣었다.

'계획대로 일이 풀려서 다행이다.'

윤우는 회심의 미소를 지었다.

반액은 부모님께 드리고 나머지 반액으로 예린이가 사용할 수 있는 고급 타블렛을 선물해 주는 것이 윤우의 계획이었다. 그리고 남은 돈은 연구비로 사용할 것이다.

그야말로 일석이조, 아니 일석삼조의 특혜를 누리게 된 것이다.

그래서인지 학원에 도착할 때까지 윤우의 입가에서 미소가 떠나질 않았다.

윤우는 캔 음료 세 개를 뽑아들고 강의실로 올라왔다. 그러다 잠시 후 가연과 연아가 들어오자 음료를 하나씩 나눠주었다.

흔치 않은 일에 두 소녀의 눈이 동그래졌다.

"김윤우, 무슨 꿍꿍이야?"

"뭐 좋은 일이라도 있니?"

연아와 가연이 각각 자신의 성격대로 물어왔다. 윤우는 가벼이 웃으며 답했다.

"이번에 상 타게 됐어."

잘난 척 하는 것으로 보일 수도 있다. 겸손한 윤우의 성미와는 잘 어울리지 않는 대사였지만, 적어도 이 기쁨을 가연이와 함께 나누고 싶었다.

"우와, 무슨 상?"

"거산청소년문학상 소설부문 금상."

두 소녀가 동시에 깜짝 놀랐다. 그 와중에도 미소를 짓는 가연.

"와, 축하해! 대단해 정말. 윤우는 공부도 잘하고 소설도 잘 쓰고. 진짜 부럽다."

가연이 진심으로 축하해주자 윤우는 정말 기분이 좋았다. 하늘을 나는 듯한 느낌이었다. 하지만 그것을 표정으로 드러내지는 않았다.

"그냥 취미로 조금씩 쓰고 있거든. 이번엔 정말 운이 좋아서 상을 타게 됐어."

"그래도 대단해. 그거 듣기론 정말 큰 대회라고 하던데……."

"응모자가 몇 명 없었던 거 아냐?"

연아가 들고 있던 캔 음료를 다시 윤우에게 반납했다.
그러더니,

"아무튼, 그렇게 큰 상을 탔는데 이걸로 입 싹 닦을 생각
이야? 그럼 실망이지. 이따 쉬는 시간에 떡볶이라도 쏘라
고. 튀김도 같이!"

그 말에 윤우와 가연은 동시에 웃음을 터트렸다. 지극히
도 연아다운 행동이었기 때문이다.

김유진 선생의 배려 덕에 윤우는 학교에서 유명 인사가
되었다. 상훈고등학교 정문에 윤우의 수상을 축하하는 현
수막이 걸린 것이다.

(경) 제17회 거산청소년문학상 금상 수상 (축)
1학년 7반 김윤우

등교를 하던 윤우는 현수막을 보며 그 기쁨을 충분히 만
끽했다. 집에도 바로 알렸다. 부모님은 물론 예린이도 진
심으로 기뻐해 주었다.

'다음에 그 악마 같은 사내가 나타나면 고맙다는 인사

정도는 해야겠는데.'

반쯤은 농담이었지만 진담도 없진 않았다. 결과론적이긴 해도 그 사내가 아니었다면 이렇게 행복한 나날을 보낼 수는 없을 것이다.

'물론 아직 어떤 미래가 기다리고 있을지는 모르겠다만……'

찝찝한 구석은 여전히 남아 있었다.

윤우가 바라는 미래보다 그 악마 같은 사내가 바라는 미래가 훨씬 더 크고 무거워 보였다. 암막에 가려진 채로 말이다.

'그건 훨씬 나중의 문제야. 일단 지금은 앞에 보이는 문제들만 생각하자.'

그렇게 윤우가 교실로 들어서자 반 아이들이 하나같이 축하 인사를 건넸다.

"김 박사, 축하!"

"제법인데?"

"그러게. 근데 우리 햄버거는 언제 먹냐?"

"햄버거 가지고 되겠어? 짱개에 탕수육은 돼야지. 상금이 200만원이래. 200만원."

"헐, 대박."

멋쩍게 웃은 윤우는 자리에 앉았다. 옆자리 슬아는 기말고사 준비에 한창이라 눈길 한 번 주지 않았다.

늘 이런 식이었기 때문에 특별히 신경을 쓰지 않았다.

윤우는 가방을 내려놓고 서랍에서 추천인 명부를 꺼낸 다음 교탁 앞으로 나가 잠시 아이들의 주목을 끌었다.

"잠깐만 이쪽 좀 봐줘."

아이들의 시선이 일시에 이쪽을 향했다.

"이번에 나랑 슬아가 학생회장 선거에 나가게 됐어. 여기 추천인 명부에 서명을 받아야 하는데, 너희들이 좀 도와줬으면 좋겠다."

"맨입으로?"

"김 박사 너무하는 거 아냐? 맨입으로 우리 서명을 받으려고 하고. 너 반장 선거 때도 그러더니 너무 하네. 상도덕도 없냐?"

"그때 윤우가 햄버거 돌리지 않았나?"

"그건 벌써 소화 다 됐잖아."

"올, 천잰데?"

교실 안이 일시에 소란스러워졌다. 씨익 웃은 윤우는 1분단 맨 앞줄부터 서명을 부탁하기 시작했다. 슬아도 함께 움직여야 했지만, 그녀는 여전히 공부에 몰두하고 있다.

"상 탄 거 축하해."

서명을 한 나리가 생긋 웃으며 축하를 건넸다. 윤우는 고맙다고 대꾸하며 다음 자리로 이동했다. 왠지 윤우의 뒷모습을 바라보는 나리의 시선이 아득하다.

출마자를 제외하고 38명 모두에게 서명을 받은 윤우는 자리로 돌아왔다. 그리고 조용한 목소리로 슬아에게 말했다.

"이따 점심시간 후에 명종 선배 반에 가서 서명을 부탁해 볼 생각이야. 민경 선배한테도 부탁할 거고."

"공부하는 데 말 걸지 말아줬으면 좋겠는데."

"아, 미안."

잠시 펜을 멈춘 슬아. 윤우를 힐끗 보더니 다시 문제지를 읽기 시작한다.

"착각하는 것 같아서 다시 한 번 말하는데, 난 너를 도와주려고 부학생회장으로 출마하는 게 아니야. 나만의 목표가 있기 때문이지."

"알고 있으니까 걱정 마."

그렇게 대꾸하자 슬아의 펜이 조금씩 움직였다. 하지만 의미 없는 움직임이었다. 쓸데없는 부분에 밑줄을 긋고야만다.

슬아의 시선이 다시 윤우 쪽으로 향했다.

"그런데."

"응?"

"무슨…… 소설 쓴 거야?"

윤우는 왠지 웃음이 나왔지만 슬아를 위해 꾹 참았다.

"일종의 성장 소설이라고 할까. 우리 같은 청소년의

일상을 그린 소설이야. 학교에 갇혀서 공부만 해야 하는 것 같지만 실은 그게 다가 아니라는 점을 표현하고 싶었어."

윤우는 잠시 말을 끊었다. 조금 분위기를 환기시켜, 슬아가 진지하게 받아들였으면 좋겠다고 생각했다.

"청소년기에는 몸만 성장하는 게 아니라고 생각했거든. 몸이 성장하는 만큼 마음도 함께 자라니까. 보다 주변을 보고 의미 있는 것들을 찾아 나가는 주인공의 이야기를 그려 넣었지."

슬아의 시선이 윤우 쪽으로 슬쩍 움직였다. 경험이 많은 윤우는, 그녀의 눈빛에 섞인 미량의 호기심을 읽어 냈다.

"궁금하면 나중에 한 권 줄게. 작품집으로 출간돼서 나온다고 하더라."

사실 슬아가 봤으면 하는 소설이었다. 소재와 아이디어는 슬아에게 얻은 것이었기 때문이다. 보고 나면 깨달음을 좀 얻지 않을까.

"관심 없어."

매정하게 거절당했지만 윤우는 가볍게 웃어 넘겼다. 지극히도 슬아다운 대답이었다.

그런데 그때, 누군가가 뒤에서 어깨를 툭 건드렸다.

윤우는 고개를 돌렸다. 처음 보는 남학생이 호의적인 표정을 하며 자신을 내려다보고 있다.

윤우는 그의 명찰을 확인했다. 하얀색이다. 2학년이라는 의미다.

"난 신문부 김태성이야. 괜찮으면 인터뷰를 좀 하고 싶은데 어때? 이번에 상을 탔다고 들어서."

기억을 더듬어 보니 확실히 그런 부가 있긴 했다. 매달 정기적으로 교내 신문을 만드는 곳이기도 했다. 전생에 관심 있게 읽지는 않았지만.

"안녕하세요, 선배님. 전 괜찮습니다. 인터뷰는 언제 하는 게 좋을까요?"

"지금 어때? 너희 담임선생님껜 따로 말씀을 드려 놨어."

인터뷰는 좋은 기회였다. 신문을 보는 아이들은 그리 많지 않겠지만, 자신의 포부를 간접적으로 노출시킬 수 있는 기회이기도 했다.

"그러죠."

"따라 와. 부실로 가자."

그렇게 두 사람은 가벼운 대화를 나누며 신문부실로 자리를 옮겼다.

인터뷰는 윤우의 의도대로 잘 마무리되었다.

수상 인터뷰였기 때문에 당연히 태성은 윤우의 소설에

대해 질문을 던졌다. 윤우는 학교라는 공간이 공부만 하는 곳이 아님을 역설했다.

그러자 자연스럽게 태성은 윤우가 생각하는 이상적인 학교생활이 무엇인지 물었다. 윤우는 친구간의 유대를 강조하며, 즐거운 학교생활이 될 수 있도록 좋은 아이디어를 내고 있다고 전했다.

마지막으로는 '즐거운 학교'를 만들기 위해 전교학생회장에 출마한다는 의사를 밝혔다. 태성은 흥미롭게 윤우의 말을 받아 적었고, 그렇게 인터뷰는 마무리되었다.

그리고 지금은 늦은 밤, 학원을 마친 윤우와 가연은 사이좋게 밤길을 걷고 있다.

'이기훈은 과연 어떤 카드를 들고 나올까?'

대충 견적은 나와 있었다. 부유한 집안이니 돈의 힘을 빌릴 것이 분명했다.

물론 학생회칙상 선거에는 물질이 오가지 못하도록 되어 있기는 하다.

그런데 그것을 지키지 않아도 경고 1회에 그치기 때문에, 의도적으로 규칙을 위반하면서 돈의 힘을 쓸 가능성이 있었다.

'실제로 규칙을 한 번 정도는 지키지 않는 건 대학에서도 빈번하게 일어나는 일이니까. 대자보로 사과 공고만 하면 되는 거잖아?'

그랬기에 윤우는 긴장의 끈을 놓을 수가 없었다. 이기훈
이라면 그런 짓을 하고도 남을 인물이었다.

"저기, 무슨 생각을 그렇게 해?"

가연이 물어왔다. 선선하니 걷기 좋은 날씨라, 오늘은
학원을 마치고 버스를 타지 않고 걸어서 돌아가는 중이다.
물론 연아는 이제 제발 좀 사귀라고 간청을 했다.

"그냥, 앞으로의 계획들?"

윤우를 바라보는 가연의 두 눈에 빛이 반짝였다.

"윤우는 정말 한시도 쉬지 않는구나? 대단해. 동갑인데
도 한참 어른스러운 것 같아. 지켜보고 있으면 왠지 그런
생각이 들어."

정확한 안목이었다. 실제로 윤우의 나이는 마흔 다섯이
니까. 전생의 고등학생 윤우는 이렇게 성숙하지 못했다.

"아냐. 어쩌면 너무 걱정이 많은 걸지도 모르지."

"겸손한 것도 좋아. 윤우한텐 배울 게 정말 많은 것 같
아."

"그렇게 말해주니 고맙네."

가로등이 깔린 길을 사이좋게 걷던 두 사람.

이윽고 갈림길이 나왔고, 윤우와 가연은 헤어질 시간이
다가왔다는 것을 깨달았다.

"벌써 도착해 버렸다."

"그러게."

두 사람 사이에 잠시 침묵이 돌았다.

왠지 오늘은 이대로 헤어지고 싶지가 않았기 때문이다.

첫 데이트 이후로 관계의 진전을 갖지 못한 두 사람이었다. 가연이는 어떨지 모르지만, 윤우는 한발자국 더 앞으로 나아가고 싶었다.

오랜 경험을 가지고 있는 윤우는 지금이 바로 그 순간이라고 생각했다. 이성이 아니라 감성이 그렇게 속삭이고 있었다.

가연이 한 걸음 물러서며 말했다.

"그럼 잘 가. 내일은 학원 안 가니까 다음 주에 보겠네?"

그녀가 한 걸음 물러선 만큼, 윤우가 앞으로 한 걸음 다가갔다.

"오늘은 내가 데려다줄게."

"응?"

눈을 깜빡이며 윤우를 바라보는 가연. 전혀 예상하지 못한 모양이다.

하지만 이내 볼을 살짝 붉히며 고개를 끄덕인다.

"그럼 가자."

윤우의 말을 시작으로 두 사람이 걷기 시작했다.

문득 윤우의 눈에 새하얀 가연의 왼손이 보였다. 그녀는 엄지로 검지와 중지를 만지작거리고 있었다.

문득 웃음이 나왔다.

그것은 분명 손이 허전할 때 하는 아내의 버릇이었으니
까.

그때마다 윤우는 아내의 손을 붙잡아 줬었고, 아내는 환
하게 웃으며 좋아했었다.

그런 과거가 있었기에 윤우는 크게 마음을 먹을 수 있었
다.

"아⋯⋯."

가연은 낮은 신음을 흘렸다. 윤우의 따뜻한 손이 자신의
왼손을 붙잡았기 때문이었다.

그러나 가연은 이내 웃었다.

그의 손을 뿌리치거나 하진 않았다. 오히려 힘을 줘 윤
우의 손을 꼭 잡았다.

두 사람의 마음은 발자국을 내딛을 때마다 조금씩 연결
되고 있었다. 왠지 오늘 밤의 추억은 당분간 잊지 못할 것
같은 기분이었다.

가연을 집에 데려다주고 밤늦게 집으로 돌아온 윤우. 마
침 어머니가 거실에서 TV를 보고 있었다.

"늦게 왔구나. 보충 수업이라도 했니? 안 그래도 지금
전화를 해보려던 참이었다."

윤우는 아차 싶었다. 늦으면 늦는다고 연락을 드리는 것이 자식된 도리였으니까.

"죄송해요, 어머니. 잠시 친구네 집에 좀 들렀어요. 많이 기다리셨어요?"

"괜찮다. 피곤할 텐데 어서 들어가 쉬어라."

"예. 그런데 아버지는요?"

윤우의 어머니는 소탈하게 웃었다.

"친구들이랑 한잔 하신댄다. 네가 상 탔다고 아주 기분이 좋으신 모양이야."

걱정이 되긴 했지만 그 정도는 괜찮다고 생각했다. 아버지는 스스로 주량을 잘 줄여나가고 있었다. 술을 드시는 날보다 안 드시는 날이 더 많았다. 윤우가 꾸준히 부탁을 한 결과였다.

무엇보다도 매주 윤우와 등산을 하고 있으니 전보다 부쩍 건강이 좋아졌다. 그래도 윤우는 방심하지 않고 아버지의 건강을 늘 체크했다.

그렇게 방 안으로 돌아온 윤우는 잘 들어왔다고 가연에게 문자를 보냈다. 답장이 오는 것엔 몇 초 걸리지 않았다. 기분 좋은 웃음을 지은 윤우는 시간을 확인했다.

밤 11시.

'아차, 메일 확인해야지.'

윤우는 컴퓨터를 켜고 메일함을 열었다.

순간 윤우의 눈이 살짝 커졌다. 새 메일이 한 통 있었던 것이다. 윤우는 재빨리 발신자의 이름을 확인했다.

'왔다!'

그것은 소진욱 교수가 보낸 메일이었다.

내용은 길지 않았다. 소진욱 교수는 중요한 포인트만 적어 메일을 보냈다.

그것을 꼼꼼히 다 읽은 윤우의 얼굴에 미소가 떠올랐다. 그는 오른손에 힘을 꽉 쥐었다.

'해냈어!'

메일을 간단히 요약하자면, 소진욱 교수는 특별기고 형식으로 논문을 게재할 수 있다고 했다.

세부 절차에 대해서는 한국현대문예학회 임원들과 논의를 끝냈다고 한다. 12월 내로 논문을 투고하면 심사에 들어가고, 2월 말경 게재여부가 확정된다고 한다.

논문 심사는 다른 신청자들과 마찬가지로 블라인드로 진행된다. 지원자의 정보도 알 수 없고, 마찬가지로 심사자의 정보도 알 수 없어 최대한 공정하게 진행된다.

자리에서 일어선 윤우는 인터넷으로 달력을 확인했다. 내년 2월과 3월을 번갈아 살펴보며 고개를 끄덕였다.

'날짜가 딱 좋아. 2월 말에 논문이 실리게 되면 분명 언론 쪽에서 접촉을 해 올 거야. 그렇다면 3월 중순에 열리는 학생회장 선거에서 유리한 위치에 설 수 있어.'

그렇게 판단한 윤우는 미소를 지었다. 이제야 이기훈에 맞서 싸울 만한 무기를 얻게 된 것이다.

물론 이것으로 결정적인 승기를 잡을 수 있는 것은 아니겠지만, 적어도 윤우의 이름을 학생들에게 각인시켜주는 계기는 될 것이다.

사실 논문을 학술지에 싣는 것은 대단한 일이 아니다. 학문에 뜻이 있는 누구라도 노력만 하면 쉽게 할 수 있는 일이다.

'하지만 그것을 고등학생이 해냈다면 이야기는 달라지겠지.'

윤우가 노리는 것이 바로 그것이었다.

그가 알기로도 국내의 고등학생이 KCI급 이상의 학술지에 논문을 게재한 사례는 없었다. 그랬기에 윤우는 이 기회를 소중하게 사용할 생각이다.

'무엇보다도, 한국대학교 국문과에 내가 특별한 사람이라는 것을 보여줄 수 있는 절호의 기회야.'

한국대학교는 다른 학교와는 다르게 1차 합격자에 한해 면접 전형이 있다.

이번 연구를 시작으로 다른 학회에도 논문을 투고해 활

발히 학회 활동을 한다면 후에 입시에 굉장한 도움이 될 것은 자명한 사실이다.

윤우는 몇 달 전 그 악마 같은 사내와 만났을 때를 떠올렸다. 그때 윤우는 분명히 장담했었다. 한국대학교에 입학을 해 보이겠다고.

'내 인생에서 실패는 한 번으로 족해.'

그렇게 다시 각오를 다진 윤우는 책장 서랍에 넣어둔 A3 용지 묶음을 꺼냈다. 도서관에 가서 직접 복사해 온 기본 자료들이다. 1930년부터 1932년까지의 '매일신보' 복사본이었다.

윤우는 책상에 앉아 차분히 자료를 읽기 시작했다. 한자가 많이 쓰인 데다가 인쇄가 불분명한 곳들이 제법 있었지만 박사급 지식을 가지고 있는 윤우에게는 손쉬운 일이었다.

그렇게 한참 자료를 검토하던 윤우가 문득 눈을 떼고 생각에 잠겼다.

'잠깐, 논문을 준비할 수 있게 된 건 좋은데…… 이렇게 되면 다른 곳에서 문제가 생길 수도 있겠는데?'

걱정이 되었던 것은 두 가지. 체육대회 축구 결승전과 기말고사 준비다.

축구 결승 준비를 하려면 점심시간이나 방과 후 시간을 할애해야 했다. 거기다 논문 마감과 기말고사 기간이 서로

애매하게 겹쳐 버렸다.

'하필 상대가 11반이라서…….'

만약 축구 결승 상대가 다른 반이었다면 윤우는 경기에 나서지 않고 틈틈이 논문 준비에 임했을 것이다.

하지만 결승전 상대가 11반으로 정해졌다. 11반은 이기훈의 반이었다. 중간고사에서 그에게 자리를 뺏긴 탓인지 11반에게만큼은 패하고 싶지 않았다.

조금 유치하긴 하지만 그에게 패배가 무엇인지를 가르쳐주고 싶기도 했다.

'무엇보다 큰 문제는 기말고사야. 체육대회는 금방 끝나니 사실 크게 관계는 없는데, 논문을 제대로 쓰려면 공부 시간을 줄일 수밖에 없어.'

잠시 자료를 내려놓으며 고민에 빠지는 윤우. 평소 그의 버릇대로 턱을 쓸어 만지며 책상 위를 내려다본다.

쉽지 않은 고민이었다. 두 마리 토끼를 한꺼번에 잡으려다가 자칫하면 두 마리 모두 놓칠 수 있는 상황이 올지도 모르기 때문이다.

'생각해보면 모든 문제의 중심엔 이기훈이 있어. 하긴, 대단한 놈이긴 하니까.'

윤우의 생각대로 만만치 않은 인물이다. 부유한 집안에서 태어난 것뿐만 아니라 실제로 실력도 있다. 이번 중간고사에서 드러났듯 그를 이기는 것은 분명 쉽지 않은 일이다.

무엇보다도 윤우는 그가 단순한 방해자가 아니라고 생각했다. 자신이 보다 높은 단계로 나아가기 위한 안티테제적 인물이라고 생각했다.

　포기하면 단순히 지는 것에서 끝나지 않는다.

　성장하지 못한다.

　'그러니까 포기할 수 없어.'

　윤우는 끝까지 그와 싸워나갈 마음을 굳혔다. 남을 위해서가 아니라 온전히 자신을 위해서 말이다.

NEO MODERN FANTASY STORY

뉴 라이프
NEW LIFE

Scene #9 결승전

Scene #9 결승전

기말고사를 20여일 앞둔 어느 오후, 상훈고등학교 1학년 전교생이 운동장에 모였다. 체육대회의 피날레로 7반과 11반의 축구 결승 시합이 열린 것이다.

2002년 한일월드컵을 앞둔 시점이었기 때문에 축구에 대한 관심은 어느 때보다도 드높을 시기였다. 축구에 별 관심이 없던 여학생들도 자리를 지키며 경기를 관전하고 있다.

"아!"

때마침 학생들의 입에서 안타까운 탄성이 흘렀다. 박성진의 슛이 아깝게 골문을 빗나간 것이다.

분위기는 7반쪽으로 흘러가고 있는 것처럼 보이지만,

실제 경기에서 이기고 있는 것은 11반이었다. 후반전 10
분. 7반은 2-0으로 끌려가고 있었다.

"이러다 지는 거 아냐?"

"새꺄, 불길한 소리는 집어 치워라."

"응원이나 하시지?"

주변이 시끄러웠다.

후보 선수로 대기 중이던 윤우는 팔짱을 끼고 경기를 지
켜보고 있다. 표정이 좋지가 않았다. 이대로라면 계속 끌
려가다가 패할 확률이 높았다.

그것은 옆에서 경기를 지켜보던 슬아도 마찬가지였다.
평소라면 시간이 아깝다며 책이나 보고 있었겠지만, 오늘
은 달랐다. 경기에 집중하고 있었다.

며칠 전 이기훈이 도발을 걸어오며 11반에 대한 묘한 적
대감이 들었던 그녀였다. 경기가 어떻게 돌아가는지는 몰
라도 친구들이 꼭 이겨줬으면 하는 바람이 있었다.

"참 지루하다."

윤우와 슬아의 시선이 동시에 움직였다.

이기훈이었다. 그도 선수로 나설 모양인지 붉은색 조끼
를 입고 있다.

"7반이 꽤 잘한다고 들었는데, 막상 붙어보니 별 거 없
잖아? 내가 나갈 필요도 없겠는데?"

윤우도 슬아도 대꾸하지 않았다.

피식 웃은 기훈이 슬아를 바라보며 계속 말했다.

"그나저나 부학생회장으로 출마하기로 했다며? 의외야. 내가 아니라 저 녀석을 택하다니. 아무튼 이거 안됐네. 내 제안을 거절한 걸 후회하게 될 텐데."

슬아가 눈매를 좁히며 기훈을 노려보았다.

"후회할지 아닐지는 내년 봄에 결정되겠지?"

"훗, 긍정적이라서 마음에 드는데? 그럼 잘들 해 보라고."

씨익 웃어 보인 이기훈은 자신의 반 학생들이 모여 있는 곳으로 돌아갔다. 윤우가 고개를 돌려 보니 슬아의 얼굴이 붉게 상기되어 있었다.

보기 좋게 기훈의 도발에 넘어간 것이다. 윤우는 그저 씁쓸히 웃어넘길 뿐이다.

"이길 수 있는 거야?"

"축구? 아니면 선거?"

슬아는 잠시 머뭇거리다 대답했다.

"둘 다."

"글쎄. 어려울지도 모르지."

윤우가 솔직하게 대답했다. 그때 성진이 가쁜 숨을 몰아쉬며 윤우 쪽을 향해 교체 신호를 보냈다.

윤우는 자리에서 일어서 천천히 몸을 풀기 시작했다.

"하지만 끝까지 해봐야 하는 거 아니겠어? 적어도 난 부딪혀보기도 전에 포기할 생각은 없거든."

윤우는 신발 끈을 고쳐 맸다. 그리고 슬아를 보며 한마디 덧붙였다.

"그건 너도 마찬가지 아니야?"

"……."

울림이 있는 한마디였다.

슬아는 왠지 속마음을 들킨 것 같아 그의 시선을 슬쩍 피했다.

삐익—

그때 주심을 보던 체육 선생이 휘슬을 불었다. 7반의 선수 교체가 이뤄졌다. 정태가 나오고 윤우가 필드로 들어갔다.

"발라버리고 와라."

정태가 뼈있는 한마디를 건넸다.

안 그래도 그럴 생각이었다. 윤우는 이번 경기에서 혼신의 힘을 쏟아부을 생각이다.

실제로 윤우가 들어가고 나서부터 경기의 양상이 완전히 바뀌었다. 7반쪽으로 말이다.

"와아아아!"

그렇게 성진의 첫 골이 터졌다. 윤우의 멋진 크로스가 성진의 머리에 제대로 걸린 것이다.

하지만 성진은 특별한 세레모니 없이 공을 집어 묵묵히 중앙선으로 돌아왔다. 두어 골은 더 넣어야 표정이 풀릴 것만 같았다.

삐이—

곧 경기가 재개되었고, 공이 라인 밖으로 나가자 11반쪽
에서 선수 교체를 준비했다. 윤우는 잠시 숨을 고르며 대
기선수가 누구인지 확인했다.

'이기훈?'

윤우가 이쪽을 보자 기훈이 시선을 마주치며 자신만만
한 미소를 지었다.

그 모습을 보던 성진이 윤우에게 말했다.

"니가 맡아라."

"알았어."

그가 어느 정도의 실력을 가지고 있는지는 모른다. 체격
이 좋으니 뛰는 것도 잘할 지도 모른다.

'집중하자.'

윤우는 그를 경계하며 수비진영으로 움직였다.

동시에 기훈이 골문 쪽으로 쇄도했다. 그러자 11반 공격
수가 공을 높게 띄웠다. 윤우는 그에게 바싹 달라붙어 공
을 잡지 못하게 했다.

'제법인데?'

윤우는 회귀로 인해 신체능력이 좋아졌다. 게다가 복싱
까지 하고 있어 체력에서 밀릴 일은 없었다.

윤우에게 힘으로 밀린 기훈은 몸을 기우뚱거렸지만, 놀
랍게도 균형을 잡더니 오른발을 뻗어 떨어지는 공을 터치

하는 것에 성공했다.

윤우는 수비를 위해 다리를 쭉 뻗었다.

바로 그때,

"아악!"

기훈이 비명을 지르며 땅바닥을 굴렀다.

'뭐야?'

윤우는 당황했다. 발끝에 걸리는 느낌이 없었다. 그가 넘어질 이유는 전혀 없었다.

하지만 기훈이 바닥을 너덧 번 구르며 다리를 움켜쥐자 심판을 보고 있던 체육 선생이 휘슬을 불며 뛰어왔다.

그리고 페널티킥을 선언했다.

"말도 안 돼. 안 걸렸어요!"

"넘어진 척 한 거잖아요!"

성진을 포함한 7반 선수들이 우르르 몰려가 항의했다. 하지만 체육 선생은 고개를 가로 저으며 판정을 번복하지 않았다.

삐익—

결국 기훈은 여유롭게 페널티킥을 성공했고, 스코어는 1-3으로 벌어지게 되었다.

'비겁한 자식.'

7반 모두가 그렇게 생각했다. 가장 화가 난 것은 당사자인 윤우였다. 이렇게까지 지저분하게 나올 줄은 꿈에도 몰랐던 것이다.

하지만 이미 지나간 일.

윤우는 마음을 비우고 시계를 확인했다.

'남은 시간은 10분······.'

시간이 얼마 남지 않았다.

윤우는 숨을 고르며 재빨리 앞으로 뛰어 나갔다.

공이 명식을 거쳐 윤우에게로 떨어졌다. 가볍게 공을 터
치한 윤우는 앞으로 나서며 전방을 주시했다.

그때 수비가 한 명 따라붙었다.

툭.

가볍게 공을 앞으로 치고 나가며 상대팀 수비를 가뿐히
제친 윤우는 같은 팀의 움직임을 주목하며 계속 전진했다.

친구들이 전반전에 비해 훨씬 생동감 있게 움직였다. 날
카롭게 빈틈을 파고드는 동작도 보였다. 윤우는 왠지 그
이유를 알 것 같았다.

'다들 자극을 받았어.'

기훈의 비신사적인 플레이가 결과적으로 7반 선수들에
게 긍정적인 영향을 끼친 것이다.

다들 하나가 된 것처럼 부지런히 뛰었다.

그렇게 차근차근 공격을 만들어 나가다 보니 결정적인 기회가 왔고, 7반의 에이스 박성진이 그것을 놓치지 않고 만회골을 넣었다.

덕분에 7반 선수들의 사기는 최고조에 이르렀다. 다들 할 수 있다는 자신감을 가슴에 품었다. 그것은 급우를 응원하는 7반 아이들도 마찬가지였다.

스코어는 3대 2.

윤우는 다시 시계를 확인했다. 이제 시간은 5분여를 남기고 있다.

윤우는 낮게 깔아 차며 앞쪽으로 연결했다. 그리고 자신은 중앙으로 쇄도하기 시작했다. 이를 꽉 깨문 이기훈이 뒤늦게 윤우에게 달려들었다.

하지만 윤우가 속도를 내기 시작하자 거리가 벌어지고 말았다. 윤우는 패스로 공을 돌려받고는 무서운 속도로 드리블을 시작했다.

이기훈은 다급해졌다.

"막아!"

기훈의 지시에 중앙으로 수비수 두 명이 모여들었다. 그 덕분에 좌측과 우측에서 각각 파고들고 있던 성진과 명식이 훨씬 자유로워졌다.

그것은 윤우가 원하는 바였다.

기회를 잡은 성진과 명식이 동시에 손을 들었다. 눈매를 좁힌 윤우가 전방을 훑었고, 그때 명식과 눈이 딱 마주쳤다.

윤우는 오른발로 살짝 띄운다는 느낌으로 패스했다. 아름다운 포물선이 그려졌다. 가슴으로 가볍게 공을 받은 명식은 그대로 슛을 날렸다.

파앙!

경쾌한 소리와 함께 공이 일직선으로 쭉 뻗어갔다.

하지만 상대 수비수의 몸에 맞고 튕겨 나오고야 말았다. 하지만 그 앞엔⋯⋯.

눈을 크게 뜬 박성진이 소리 높여 외쳤다.

"그냥 때려!"

어느새 공 앞까지 달려든 윤우. 디딤발에 힘을 주며 감각적으로 공을 후려 찼다.

공이 매끄러운 궤적을 그리며 골문을 향해 날아갔다.

그것을 가만히 지켜보던 상대 팀 골키퍼가 뒤늦게 몸을 날렸지만, 윤우가 찬 공은 골키퍼의 손을 스치고 지나가 버렸다.

출렁—

공이 그물을 가르자 응원하던 7반 학생들이 모두 자리에서 벌떡 일어서며 환호성을 질렀다.

기적 같은 일이 벌어졌다.

3대 3 동점.

윤우의 골로 인해 승부가 원점으로 돌아간 것이다.

"김윤우! 김윤우!"

7반 학생들이 서로 얼싸안고 윤우의 이름을 외치기 시작했다. 슬아도 반응을 보였다. 멍한 표정으로 윤우의 모습을 바라보며 일어서 있었다.

"아……."

뒤늦게 정신을 차린 슬아는 천천히 자리에 앉았다. 자기도 모르는 사이 경기에 몰입하고 있었던 것이다.

손에는 땀이 흥건했다. 슬아는 땀을 닦아내며 윤우의 모습을 찾아보았다. 그는 중앙선 근처에서 성진과 귓속말을 나누고 있었다.

'대단해…….'

슬아는 인정하지 않을 수 없었다.

그런데 왠지 이것이 끝이 아닌 것 같은 느낌이 들었다. 윤우를 보면 볼수록 뭔가 더 큰 일을 저지를 것 같은 느낌이 강하게 들었다.

한편, 윤우의 작전을 신중히 듣던 성진은 씨익 웃더니 그의 등을 툭하고 쳤다.

"독한 새끼. 너 가만 보면 엄청 잔인하다니까?"

"될지 안 될지는 나도 몰라. 그래도 해볼 만 해. 상대팀은 체력이 많이 떨어져 있으니까."

"너만 믿고 한 번 가 본다."

그렇게 7반 학생들이 자리를 잡았고, 11반의 킥오프로 경기가 재개되었다.

시간은 거의 남아있지 않았다. 체육 선생이 언제 휘슬을 불어도 이상하지 않을 시간이었다.

하지만 7반 학생들은 끈질기게 밀착수비를 해 공을 빼앗으려 했다.

그리고 그 시도는 성공했다. 공격수 명식이 상대방의 실책을 틈타 패스를 끊은 것이다.

그는 곧장 공을 성진에게 연결했다. 그리고 성진은 미리 약속한 대로 공을 윤우에게 패스했다.

윤우는 원체 몸이 좋았기 때문에 체력이 아직 많이 남아 있었다. 반면 상대팀 선수들은 체력이 거의 바닥나 있었다. 경기가 치열했던 탓이다.

윤우가 재빨리 움직이기 시작했다. 상대 공격수들은 따라붙다 포기했고, 미드필더는 속도가 느려 윤우를 따라잡지 못했다. 수비 두 명이 윤우를 막으러 달려 나올 뿐이다.

그때 뒤에서 이기훈이 전력질주를 하기 시작했다. 그것을 본 성진이 양손을 모아 크게 외쳤다.

"뒤!"

힐끔 뒤를 돌아본 윤우는 가뿐히 수비수를 벗겨낸 다음 앞으로 치고 달렸다. 하지만 속도를 조금 늦춰 이기훈이 따라붙을 수 있도록 했다.

페널티 박스에 접근했을 때, 이기훈이 윤우의 뒤를 잡았다. 둘은 치열하게 몸싸움을 했다. 이기훈은 젖 먹던 힘까지 쥐어 짜내며 윤우를 밀쳐냈다.

윤우의 예상대로 기훈은 손까지 썼다. 심판이 볼 수 없는 사각에서 윤우의 조끼를 잡아당기기 시작한 것이다.

'지금이야.'

순간 윤우가 몸에서 힘을 풀었다. 마침 윤우의 조끼를 잡아당기고 있던 기훈은 화들짝 놀랐다. 하지만 이미 윤우는 기훈의 손에 이끌려 뒤로 넘어지고 있었다.

쾅당!

동시에 심판이 휘슬을 불었다.

삐익—

경기 종료를 알리는 휘슬이 아니었다. 기훈의 반칙을 알리는 소리였다.

7반에선 난리가 났다. 룰을 잘 아는 남학생들은 동시에 '페널티'를 연호했다.

하지만 심판은 윤우가 쓰러진 지점을 가리키며 그곳에서 프리킥을 차라고 지시했다. 성진은 짜증스럽게 이기훈을 노려보며 한마디 했다.

"저놈, 심판 매수한 게 분명해."

윤우가 페널티 라인을 밟으며 넘어지긴 했지만 페널티 킥을 줘도 상관이 없는 지역이었다. 어쨌든 좋은 자리에서 프리킥을 얻었으니 절반의 성공을 거둔 셈이다.

프리킥은 윤우와 성진이 준비했다. 11반 학생들은 벽을 두껍게 쌓기 시작했다.

"내가 찰까, 아니면 니가?"

"내가."

성진은 조금 놀랐다. 그가 이렇게 적극적으로 나설 줄은 몰랐기 때문이다.

하지만 윤우는 한다면 반드시 하는 사람이었다. 이렇게까지 나오는 걸로 보면 뭔가 믿는 구석이 있는 것이다. 씨익 웃은 성진은 공에서 살짝 물러섰다.

윤우는 공을 바라보며 심호흡했다.

생각을 길게 하지는 않았다. 휘슬이 울리자마자 달렸고, 오른발에 모든 신경을 집중해 공을 감아 찼다.

모든 학생들의 시선이 공으로 쏠렸다. 공은 빠르게 회전하며 방향을 틀었다. 오른쪽 맨 위 구석을 목표로 빨려 들어가기 시작했다.

이윽고 환호성이 울렸다.

그것은 분명 7반 학생들의 것이었다.

윤우와 성진, 그리고 모든 선수들은 7반 학우들과 함께 승리의 기쁨을 나누었다. 짜릿한 역전승이었다.

경기를 지켜보던 상훈고등학교 축구부 감독이 윤우에게 입부를 제안할 정도로 윤우의 활약은 대단했다. 물론 윤우는 그 제안을 정중히 거절했다.

오늘은 체육대회였기 때문에 정규 수업은 없었다. 모든 행사를 마치고 교실로 돌아온 윤우는 가방을 챙겨 학생회실로 이동했다.

그런데 윤우가 본관을 지나 별관에 들어설 무렵, 갑자기 박수소리가 들렸다.

"멋진 경기였어. 간만에 즐거웠군. 인간들의 스포츠라는 것도 꽤나 흥미롭단 말이야."

익숙한 목소리. 오늘도 사내는 검은 정장을 걸치고 있었다.

죽음의 한기가 돌자 가슴이 철렁 내려앉았다. 윤우는 정신을 번뜩 차렸다.

"또 무슨 용건입니까?"

"매정하군. 조금 더 상냥하게 대해줄 수는 없는 건가?"

사내는 농담조로 말했다 어울리지 않게 기분이 좋아 보였다. 하지만 미소엔 음산한 기운이 가득했다.

"입장을 바꿔놓고 생각하면 금방 답이 나올 텐데요."

"하긴, 그렇겠군. 아무튼 오늘은 자네의 경기를 끝까지 지켜보았네. 흥미롭더군. 끝까지 포기하지 않는 점이 인상

깊었지. 생각했던 것보다 자네는 훌륭한 정신을 가졌어."

잠시 말을 끊은 사내가 불쾌한 미소를 지으며 한마디를 덧붙였다.

"자살을 하려던 게 진짜인지 믿을 수 없을 정도로 말이지."

부끄러운 과거를 들추었지만 윤우는 시선을 피하지 않고 그를 매섭게 노려보았다.

그 와중에도 윤우의 머리는 바쁘게 돌아가고 있었다. 사내는 오늘 경기를 지켜보고 있었다고 했다.

그곳엔 이기훈도 있었다. 윤우는 다시금 이 악마 같은 사내와 이기훈과의 연관점을 탐색하기 시작했다.

'분명 과거가 바뀌고 있다고 했었지.'

윤우는 일전에 사내가 했던 말을 떠올렸다. 바뀐 과거 중 가장 도드라지는 것이 바로 이기훈의 존재였다. 윤우의 기억 속에 조금도 남아 있지 않은 완전히 새로운 사람이었으니까.

'분명 이 사내와 이기훈은 뭔가 연관이 있어. 그렇다면, 이기훈이 내 앞에 나타난 건 우연일까? 아니면······.'

문득 소름끼치는 생각 하나가 윤우의 뇌리를 스쳤다.

'고의?'

그런 근본적인 의문이 들 때 즈음 악마 같은 사내가 쿡하고 웃었다.

"아아, 이봐. 자네. 생각이 많으면 피곤해지는 법이지. 마음을 편히 먹게."

마음을 읽기라도 하는 걸까.

하긴, 시간을 돌이킬 수 있는 힘을 가졌는데 마음 하나 읽지 못하는 게 더 우스운 일일지도 모른다.

아무튼 지금은 그게 중요한 일이 아니었다. 마음을 바로 잡은 윤우는 그 사내를 당당히 바라보며 질문을 던졌다.

"일전에 만났을 때, 당신은 분명 재미있는 일이 일어날 거라고 했었죠."

"그런데?"

"아직은 심증뿐이지만 내 추측대로라면 당신은 이기훈이라는 인물을 내세워 나를 시험하고 있어요. 틀렸나요?"

"무슨 소린지 모르겠는데."

"그럼 바꿔 말하죠. 나의 좌절과 고통이 당신에게 즐거움이 되는 겁니까?"

윤우는 강한 어조로 그렇게 추궁했다. 이번에는 반드시 대답을 받고야 말겠다는 의지가 섞여 있었다.

좌절과 고통이 그에게 즐거움이 된다면 이기훈의 갑작스러운 등장이 납득이 간다. 어떻게 나타나게 한 것인지는 모른다. 하지만 그 때문에 모든 일에서 방해를 받고 있는 것은 사실이었다.

사내는 잠시 뜸을 들이더니 씨익 웃으며 이렇게 답했다.

"그럴 수도 있고, 아닐 수도 있지."

"대답을 회피하는 겁니까?"

"회피가 아니야. 자네로서는 이해할 수가 없어서 그래. 개구리가 우물 밖으로 나온다고 해서 주변을 바로 이해할 수 없는 것과 같은 이치라고 할까. 으음, 복잡해. 복잡하지."

턱을 어루만지며 고개를 끄덕인 사내가 윤우를 바라보며 이렇게 덧붙였다.

"어차피 대명제는 변하지 않잖나? 자네를 통해 조금의 즐거움을 얻는다는 거 말이네. 그게 고통이든 기쁨이든 중요한 것은 아니지."

그 말은 맞았다. 일전에 사내는 분명 자신을 지켜보며 조금의 즐거움을 얻어간다고 했었으니까.

사내에게 더 이상 얻을 것은 없어 보였다. 물어볼 질문도 남아있지 않았다. 윤우는 한기를 떨쳐내고 그대로 사내를 지나쳐 걷기 시작했다.

"벌써 가는 건가?"

"안타깝게도 당신처럼 한가하게 누군가를 관찰할 시간은 없습니다."

윤우에 대담한 대꾸에 만족한 사내는 소리 내어 웃었다.

"그럼 앞으로도 기대하겠네."

사내의 말에 윤우는 입을 꾹 다물었다. 그리고 한마디 꺼냈다.

"하나 충고하죠. 유치한 짓은 이제 그만 두십시오."

많은 뜻을 내포하고 있는 말이었다. 악마 같은 사내의 두 눈이 흥미롭게 빛났다.

잠시 후, 윤우의 모습이 복도에서 완전히 사라졌다.

"역시 내가 괜한 걱정을 하고 있는 건가?"

사내는 창밖을 바라보았다.

때마침 인형처럼 멍하니 서 있는 이기훈의 모습이 시야에 들어왔다. 두 눈에 초점이 하나도 없었다. 마치 방전된 기계를 보는 것 같은 느낌이었다.

"아니, 아니지. 어떻게 될지 모르는 일이니 좀 더 지켜보도록 할까. 인간은 나약한 존재인 법이니."

그렇게 중얼거린 사내가 복도 저편으로 사라졌다. 동시에, 이기훈의 멍했던 눈에 초점이 다시 돌아왔다. 짙은 탐욕이 두 눈에 들어차기 시작했다.

〈2권에서 계속〉